读者

美丽中国

Beautiful China

能不忆江南

——本书编辑组 编——

甘肃科学技术出版社

甘肃·兰州

图书在版编目（ＣＩＰ）数据

能不忆江南 /《能不忆江南》编辑组编 . -- 兰州：
甘肃科学技术出版社，2021.2（2024.6 重印）
（"美丽中国"丛书）
ISBN 978-7-5424-2791-5

Ⅰ. ①能… Ⅱ. ①能… Ⅲ. ①纪实文学－作品集－中
国－当代 Ⅳ. ① I25

中国版本图书馆 CIP 数据核字(2021)第 035000 号

能不忆江南

本书编辑组　编

项目团队　星图说
项目策划　宋学娟
项目负责　杨丽丽
责任编辑　马婧怡　韩　波
封面设计　杨　楠

出　版　甘肃科学技术出版社
社　址　兰州市城关区曹家巷 1 号　　730030
电　话　0931-2131575（编辑部）　0931-8773237（发行部）
发　行　甘肃科学技术出版社　　印　刷　天津旭丰源印刷有限公司
开　本　787 毫米 ×1092 毫米　1/16　印　张　13　插　页　2　字　数　180 千
版　次　2021 年 8 月第 1 版
印　次　2024 年 6 月第 2 次印刷
印　数　5 101~6 150
书　号　ISBN 978-7-5424-2791-5　　定　价：49.80 元

图书若有破损、缺页可随时与本社联系：0931-8773237
未经同意，不得以任何形式复制转载

道法自然　天长地久

——写在"美丽中国"丛书出版之际

徐兆寿

　　放在我面前的六本书稿，都是关于生态文明建设方面的文章合集，都在《读者》及其他刊物上发表过，有过广泛的读者群体，现在把它们分类集合起来，重新以生态文明建设的主题呈现给读者，这对当下来讲，算是一个大功德。甘肃科学技术出版社总编辑宋学娟女士是我学妹，是我认识的好编辑，也是这套书的策划者。她嘱我来写这篇序，我在委婉拒绝而又未能拒绝之后也便答应了。但是，当我真正要写这篇文章时，感到好为难。一则没有时间去看完这些文章，不能简单地说好；二则看了一部分文章后，反而对个别文章的观点和倾向有些不赞成，我就明白这是百年来我们数代人走过的曲折的心路历程，真的是摸索着走的，所以有些是要赞赏的，有些是要反思的。

细想起来，我们这一代作家和学者，有一个共同的特点，大多数都是从土里生在土里长大的，后来到城市读大学、工作、写作、研究，因为经历了 1980 年代的知识爆炸，西方的文化思想相对接触得较多，写作、研究不免有一点西化。对于我来讲，大学四年，除了两学期每周四节课的外国文学外，其他课堂上学的都是中国文学，但手里捧的全都是西方文学，去图书馆借来的都是西方文学名著，四处游走时背包里总是放一本普希金或聂鲁达或尼采的诗集，当然，从古希腊到后现代的西方哲学著作几乎都生吞活剥地读完了，以为自己是一个世界人，"中国"二字有一段时间似乎觉得有些小。

可是，等到四十岁以后，生命自身开始往土里退，总是发现母亲已经苍老，大地也一片荒芜，故乡已无人守护，便情不自禁地往回退，退到故乡写作，退到中国，退到古代。从故乡出发而研究世界，以故乡为原点构建一个文化世界，以故乡为方法重新理解中国和世界。回忆是无穷无尽的。原来觉得中国很小，现在觉得故乡都太大，一生也未必能理解。原来只关心天空不关心大地，现在觉得大地才是母亲，天地人合一才是完美世界。

于是，我们这代人逐渐地从有些盲目的世界撤回中国乃至故乡，然后再从故乡出发，重建中国和世界。一走一回，一生也就这样匆匆结束了。当然，也并非整整一代人都是如此，有一些人始终未走出去，还有一些人走出去就再没回来过，一直在世界上流浪。那些光鲜的人生背后，是他们迷茫的叹息。这也许是整个人类共同的故事。参与世界历史运动，漫游世界并向世界学习，是奥德修斯的英雄故事，但他经历苦难回归故乡、重建国家才是他真正的英雄历程。

我从 2004 年开始研究中国传统文化，从 2008 年研究西方文化，十多年来，每给学生讲一个问题，我都会从中西两方面对比去讲，慢慢地我发现中国文化确与西方文化在世界观、方法论上有着很大的不同。理解了不同，也就往往不会拿一把尺子来说事情了，就会对比来看问题，这样对中国文化的信心也就慢慢建立起来了。西方文化的伦理来自两个方面，一个是宗教，一切都有上帝创造，是一神教和一元论思维；另一个是古希腊文化，是科学和理性，或者人们把它叫科学和哲学。两个方面在罗马时代慢慢走到了一起，但在近代又产生了冲突。总体来讲，西方精神一直处于冲突之中。但中国文化不一样，她长期保持稳定。稳定的原因主要在于中国人很早就建立了一种理性精神，这就是朴素的自然观。这种自然观在宏观理论层面是由上古天文、地理学知识建立起来的，即天地人三才思想、阴阳五行、天干地支等，在微观层面也同样把这些宏观理论进行实践。这在最初没有人去怀疑它，但到后来就有越来越多的人反对，到近现代时则被定性为迷信。因为最初的天文地理学知识被搁置起来了，科学和理性精神被放弃了。所以，现在我们必须重新返回上古时代，重建中国人道法自然的科学观，而这样的重建也需要今天的科学和各种人文知识的参与验证。

当我明白这些时，已经到知天命的时候了。当然，它还不晚。孔子研究和写作《周易》《春秋》时已经到五十六岁以后了。我觉得我还有时间去跟着古代的圣人们重新去观测太空，重新去丈量大地、观察万物，还可以用今天的天文学、地理学和各种知识去验证它。这是一种幸福的感受。

现在再来说说即将出版的这六部著作，"美丽中国"是中国共产党第十八次全国代表大会提出的概念，强调把生态文明建设放在突出地位，树立尊重自然、顺应自然、保护自然的生态文明理念，努力建设美丽中国，实现中华民族永续发展。这是本丛书策划的初衷，也是我近年来关注的课题。丛书中所选文章大多数都是我们这几代作家们写的，所以便打着百年来不同代际作家的精神印痕，也便能知道哪些是珍珠，哪些是石子。其中印象最深的是《舌尖上的春天》的开篇《落花生》，以前在课堂上也学过一篇《落花生》，老师讲得入木三分，但那时我没吃过花生，无法理解南方人的情致。那时我们吃的零食很少，最多能吃到葵花籽、大豆、豌豆、炒麦粒，当然还有黑瓜籽、葫芦籽等。花生也在城里见过，但没钱买，没吃过。第一次吃花生大概是到大学时候了吧，才又想起那篇《落花生》来。我没见过花生的花朵，也可能正如南方人没见过我们这边的洋芋花、马莲花、苜蓿花一样。那真是令人终生难忘。读此文，本想要找到一些道法自然的境界来，可读到后半段时，看到的只是人类如何将它作为美餐的各种法子。这才是舌尖上的落花生。花生来到世上，最高兴的当然也莫过于生长顺利，然后盼望能给世界贡献点什么，只是它未必能感受到快乐。快乐是人类的。由此我便想到也许我们百年来读到的很多关于自然的文章，有可能只是能显示出我们人类的贪婪来。这自然是人性了，便为我过去的人生感到可惜，因为我也曾写过这样的文章。后来又突然顿悟，这可不就是五行相生相克的真理吗？使它变成另一种东西，然后再生出新的生命来，如此，大自然方能生生不息。如果它不死，不再转化为别的生命的养料，大自然又如何重生呢？如此一波三折，使我又一次顿悟古老的道法自然的真理来。于是，这部书从这个角度来讲，便也有些意思了。

第二个印象便是扶贫。人类在早期处于贫困阶段，所以便与自然之间形成了张力。当自然强大时，万物皆灵，人类很渺小，于是人类就有了多神教，再后来有了一神教。当人类稍稍强大时，便对自然有了理解，所以就与自然和谐相处，这就是道法自然、天人合一等观念产生的基础。但是，人类希望继续强大，终于到了资本主义时代，正如马克思所陈述的那样，在很短的时间内产生了比过去人类生产的财富之和还要多得多的财富，它的腐朽和堕落也便显示了出来。它一方面产生了不平等，很多财富垄断在极少数人的手里，导致绝大多数人处于被奴役的处境，另一方面它以破坏自然为代价，将自然踩在脚下。

所以我总在想，我们老是说我们是贫困的，可我们比古人来讲已经有太多的财富，那么，我们今天的贫困概念是以什么为尺度来判断的，显然，当我们把我们国家放在发展中国家时，就是以西方为标准，在这里，就产生了悖论，即到底什么才是真正的贫困？如果我们的财力、物力、国力超过西方发达国家时，我们就不贫困了吗？我们为此将会付出怎样的代价？我们与自然的关系又将如何？这里面的很多文章多是讲物质的贫困，也有讲精神的贫困，但鲜有从中国古老哲学的角度去反思的。

第三个主题是山川治理。这会使人立刻想到电影《阿凡达》。这是一部反思西方殖民文化和资本主义文化的电影，它强调人与自然的和谐，强调人要回到大自然去，回到人的本位上去。整个西方社会的生态反思行动是从 20 世纪初开始的，在七八十年代形成一个高潮。中国要晚得多，一直到了 21 世纪初才开始，但因为生态理念与中国传统文化的价值一致，所以中国人领悟得快。习近平总书记提出"绿水青山就是金山银山"，这是从国家层面提出的生态文明治理理念，是很快被人们记住的金句和行动纲领。很多地方迅速行动起来，使生态得以恢复。但是，就西部来讲并不这么简单，还需要艰苦治理才行。这些著作里面的一些文章反映的就是这个主题，它有力地回应了当下中国乃至世界的时代命题。

但遗憾的是这些文章大多数都太实了，少了一些哲思，尤其是少了对中国传统文化生态观的深刻思考。如果能再多些这样的文章，则这套书就非常好了。当然，作为出版者，紧扣时代主题，策划出版这样一套宣传和阐释"美丽中国"理念的通俗普及读物，已属不易，理当为之呼与歌！

2021 年春节于兰州

徐兆寿，著名文化学者，教授，博士生导师。现任西北师范大学传媒学院院长，甘肃省电影家协会主席，甘肃省当代文学研究会会长，全国当代文学研究会常务理事，全国文艺评论家协会理事。中国作家协会会员，甘肃省首批荣誉作家。《当代文艺评论》主编。教育部新世纪人才，"四个一批人才"。国家社科基金重大项目首席专家，第十届茅盾文学奖评委。1988 年开始在各种杂志上发表诗歌、小说、散文、评论等作品，共计 500 多万字。

目 录

船形之村遗落的旧梦

依　依

　　与江南水乡的古镇不同，徽州的古镇少有水与桥的相依，更没有"家家尽枕河"的情景，但因其保存有十分完好的徽派建筑群，从而使它多了几分历史的沧桑感与厚重感。而有"中国明清民居博物馆"称号的西递村，就是徽派建筑的代表。流连于西递双街百巷上的百余座华丽大宅，触摸着各色造型精美的石雕，惊羡于雕梁刻窗、莲门斗拱上洋溢的历史上徽商的富贵，心中便慢慢盈满感慨。

　　在安徽省黟县的西递村，有目前保存得最为完整的徽派建筑群。它就像是一个被现代社会遗忘的旧梦，在都市的喧嚣之外，在皖南的清静之中，向人们呈现出一种朴素的民间生活。于是有人说："想了解中国古代百姓的生活，就去黟县的西递。"

　　这个船形的村子，作为李唐后裔因避难而改胡姓后的世居之地，自落成之日起，就有了不同寻常的身份。西递始建于北宋皇祐年间，村子依船形而建，偌大的村子像一件艺术品：村中鳞次栉比的古民居建筑群，像一间间船舱；昔日村头高大的乔木和13座牌楼，好比船上的桅杆和风帆；村子周围连绵起伏的山峦，宛如大海的波涛；而村前的月湖和上百亩良田簇拥着村子，恰似一艘巨轮停泊在宁静的港湾。

古民居精雕细琢显富贵

西递村之所以吸引游人，首先在于其令人叹为观止的百年老居。这里 80% 的宅院都是明清时期建造的，由于年代久远，且窗户少有维修，民居内光线昏暗，凸显了老屋的历史感。而在这一座座民居之中，那些让人目不暇接的梁、枋、斗拱、隔扇、栏窗等，每一样都精雕细琢，令人赏心悦目。这里几乎每一座有些名堂的古民居门楣上都会用砖雕或石雕，或风雅或气派地刻上"大夫第""履福堂""枕石小筑"等字样。民居内的每一个门窗竟似被赋予了灵性，一个个生动的木雕人物，一幅幅花鸟山水画，道尽了古徽州的人文地理和世俗风情。

在西递村，我们借宿的人家是古代一位官员胡尚赠的故居"膺福堂"，也是最能反映西递村古民居特色的一处人家。屋里的灯光昏黄而黯淡，在这黯淡的光影里，屋子更加显得古老与破败，但仍难掩其贵族之气。大厅正中的供桌上，东边摆着一个瓷花瓶，西边是一面平镜，中间是一座大钟，取意"终身平安"。听屋主人胡大叔说，西递人家的屋内摆设都有极深的寓意。此屋为三进三楼结构，大门砌有三间四柱五楼的贴墙牌坊，两侧用水磨青砖砌成八字门楼。这是官宦大户人家的标志。门楼上的砖雕精彩纷呈，尤以底层大门两边对称的一对砖雕最具欣赏价值，因其视角的改变而形态各异：居中看为双龙戏水，从一侧看却为一龙一凤；而从另一侧看，龙又变成了凤，凤又变成了龙。真是龙凤呈祥，妙不可言。一进大门为门厅，门厅中间置有仪门。听胡大叔说，古时仪门平日紧闭，一般人只从边门进出，只有迎接七品以上的官员或节庆时，才打开仪门。"膺福堂"为典型的徽派四合院，屋内的隔扇门皆雕成莲花形，精致典雅。天井四周的雀替木雕则呈倒爬狮，尽显官商府第的气势。

"膺福堂"是西递村古民居的代表，也是凝聚中国古老文化的一个看点。其他古民居如"瑞玉庭""履福堂""笃敬堂"等，也各有各的独特之处。

老人默默守空园

在西递村的众多民居中，最让我心灵为之一震的是位于村中横路街上的西园，它牵动了我内心深处最柔软的神经，以至于从西递村回来甚久，仍难忘怀。

西园的庭院别有意境，庭院以低墙相隔，分成前园、中园和后园。庭院正中有一大簇百年牡丹，与牡丹正对的是月亮门，取意"花好月圆"。因时处 10 月，我未能见到那被世人所期待、所仰慕、所赞誉的百年牡丹一展芳容。但我想，那经历百年风雨的牡丹开放时，应该依然美得冷艳、雍容、惊世骇俗。

然而，触动我心弦的不只是西园的一草一木，还有那坐在摇椅上默默守着西园的老人。见到她时，她正在织毛衣，手已不再灵巧。看到我们，她索性停了下来。她苍白的头发、枯老的面容、单薄的身子以及老树皮般粗糙的双手，与这古老的西园相互映照，已到暮年，却似乎仍有无限期许。她和西园是否都在期待来访者不要打扰这里的宁静呢？我不得而知，但心中却已充满隐隐的疼痛，有一种要与这位老妇人同守一园清净的冲动！

与民居一样令游人寻味的是，几乎家家正中高悬的楹联与匾额。其中所蕴含的经商的艰险、做人的道理、治家的高招，令数百年后的人们获益匪浅。在瑞玉庭的堂前悬挂的"快乐每从辛苦得；便宜多自吃亏来"之联，书法遒劲，寓意深刻。"辛"字多加了一横，"亏"字多添了一点，寓意"多一份辛苦就多一份收获，多吃一点小亏就可赚大便宜"，此联告诚人们做人要勤奋、要厚道。"大夫第"门额下的"作退一步想"匾额，语义双关，耐人寻味。如果稍微了解西递村重商、重仕和崇善的人生哲学，就能体会"作退一步想"并不是消极，而是一种淡泊宁静。

在西递村的家家户户，只要你用心观察，定能找出不少这样的至理名言。在惇仁堂的楹柱上，悬挂着顿悟人生的木刻金字对联："寿本乎仁乐生于智，勤能补拙俭可养廉。"在胡家祠堂，见到了最能反映中国象形文字特点的一个大大的"孝"字，据说是理学大师朱熹手书。奇特的是，这个字往前看似一个正在作揖的人，往后看又像一只正在拳打脚踢的猴。据说，这是告诫后人要孝敬父母，否则便禽兽不如了。

选自《读者·乡土人文版》2006.06

大理的魅力

李智红

在亚洲文化的十字路口，在茶马古道与南方丝绸古道的交汇之地，在彩云之南一片清澈湛蓝的天空之下，坐落着一块风花雪月四绝四胜、山光水色千古明媚的热土，它有着游侠的旷达、旅人的坚韧、隐士的散淡、智者的内敛、歌者的豪迈、舞者的飘逸、诗人的浪漫、少女的亮丽……

高峻而不乏纤巧的青山，看护着她美丽的家园；纯净而不失深邃的碧水，浇灌着她五彩的梦幻；厚重而不吝宽容的历史，丰富着它悠远沧桑的岁月。它，就是大理，一个人一生不能不到的地方！

一

对历史而言，大理是一坛酿制在时光深处的醇厚芳香的老酒；对世界而言，大理是东方的"瑞士"，是中国的"剑桥"；对世代生活在这里的人而言，大理是放养梦想的芳草地，是播种爱情的伊甸园；对浪迹四方的旅行者而言，大理则是寄托生命行李的驿站，是安放漂泊灵魂的寓所，是栖息人生情愫的港湾。

事实上，自唐朝贞观二十三年（公元 649 年），细奴逻在以大理为中心的这片土地上建立大蒙政权开始，大理便以它独有的政治地位，成为中国历史上一个举足轻重的地方。

此外，大理还凭借着它美轮美奂的山水造化，迅速成为国内外游人心驰神往的风情之都、山水之都、休闲之都。"大理好风光，世界共分享"，浓墨重彩的自然景观，厚重丰富的人文精神，根深叶茂的文化底蕴，浪漫诗意的民族风情，成就了大理的风采和魅力。

二

这是一块有灵魂的热土，所有与这块土地相关的历史、文化、传统、风俗，抑或爱恨情仇，就像是苍山之麓的松柏，抑或洱海之滨的水草，始终坚忍不拔地"活着"，活在每一块碑铭里，活在每一个神话中，活在田野阡陌的小径上，活在幽深曲折的古巷内，活在琴弦永不衰老的咏唱里，活在古城永不风化的记忆中。

如果你是一个远游的旅人，当你突然感觉自己像是走进了一个亦真亦幻的梦境时，那么，你一定是置身在风花雪月的大理，置身于天下无双的苍山洱海之间，置身在《天龙八部》的故地，置身在《五朵金花》的家乡。

大理是诚信的，走进大理，你就走进了它的风花雪月。它会用最富有灵性的下关风、上关花、苍山雪、洱海月来充盈你生命的记忆，丰富你人生的背囊。开放爽朗的下关风，是大理永不凝固的热忱；四时不败的上关花，是大理青春常驻的红颜；终年不化的苍山雪，是大理圣洁高雅的魂魄；冰清玉洁的洱海月，是大理恬静温馨的情怀。

三

天地间有大美而无言，大理的苍山正是一座无言的大美的山。它伟岸、谦逊、豁达、宽容，它坚忍不拔、平和深沉；它是一个民族灵魂的高度，梦想的高度，爱与恨的高度；它有形的海拔彪炳了无言的矗立，它是数万年、数十万年自然奇迹的缔造者和见证者，是一部永远没有终结的神话，是一组大气豪放的水墨绝笔。

十九座伟岸的山峰，是十九颗昂奋的头颅，是十九柄希望的圣剑……长风凛冽，天地浩气，英雄洗马，王者会盟，"玉带云"百里出岫，"望夫云"静待郎归……无言的苍山见证了多少历史的恢宏与精彩，演绎了多少人间的爱恨与情仇。

十八条纤毫毕现的清溪，是十八根生命的琴弦，是十八条灵魂的契约，也是十八个胭脂扣和爱情的红丝结。大理，正因为有了十八溪，也才有了《五朵金花》那般荡气回肠的经典爱情，也才有了"望夫云"那般悲情千古的神话传说。

在大理，每一个用苍山的云朵擦拭过行囊、用十八溪的流水洗却风尘的旅人，都有可能走进一个地老天荒的传奇，走进一段流传千古的爱情绝唱，走进《小河淌水》的旋律，并且成为其中一个灵动的音符。

四

如果说苍山是大理的魂魄，那么，洱海就是大理的情怀。

洱海是生命之海，是爱情之海，是艺术之海。

洱海是温柔的，是那种丝绸般的温柔，琴瑟般的温柔，诗歌般的温柔，水墨画般的温柔，好女子般的温柔。

洱海是博大的，因为博大而润泽苍生，因为博大而孕育万物，因为博大而成就了大理坝子的肥沃与富庶，因为博大而造化了大理风光的灵秀与妩媚。

洱海又是平和的，平和得谦逊，平和得隐忍，平和得深邃，平和得恒久，如佛、如禅。它那处变不惊、悠游闲适的禀性，与大理人达成了一种心灵上永恒的默契，孕育了大理地区独特的人文精神。

无论是谁，只要能够读懂洱海，便读懂了大理，读懂了这方热土的那份气量，那份性情，那份内敛。

五

天底下并不是每个地方都有"灵骨"的，但大理例外。大理的灵骨，便是随处可见的古塔。

在大理众多的古塔中，三塔是最具有代表性的，堪称"塔中魁首"。三座古塔呈"品"字形耸立，浑然一体而又各具气象，雄浑挺拔而又隐忍静穆，非一般古塔能够比肩。

在大理，三塔并不仅仅是一个"永镇山川"的寄托，一个弘扬佛法的道具，它还是大理的"华表"，大理的象征。

三塔所承载的是大理的历史文化，是大理的气度，是大理的辉煌。它历练千古，阅尽沧桑，经百代风雨而巍然屹立，浴千秋烟霞而心无旁骛。

每一个走近三塔的人，只要把心扉打开，便能倾听到一种天籁般的历史回声和岁月绝响。倘若你能够把心"沉"下去，那么，你便能做到荣辱皆忘、大彻大悟。

六

喜洲，是通往大理历史内核的时光隧道。

那里有大理最古老的民居和最淳朴的风情。黯淡和沧桑，已经代替了流光溢彩的往昔，剩下的是一种内在的深沉，一种坚韧的魂魄。那些古色古香的老房子，成为解读大理文化的一张底片，是考证大理历史的一条线索。

与其他地方的民居相比，大理的白族民居，特别是喜洲的白族民居，更趋向于一种淳朴之美，一种飘逸之美，一种隐忍之美。喜洲的民居是一色的白墙青瓦，一色的斗拱飞檐，一色的画栋雕梁……那是一种极少见的"雅"。不是"大雅"，不是"小雅"，也不是"古雅"，而是一种充满古典气息的"儒雅"。

在北京的故宫和颐和园，我曾见识过京派的雕刻技艺：流光溢彩，气势恢宏，以数量和色彩取胜。喜洲的民居雕刻，则追求的是一种奇巧、别致、浪漫的田园气息，其精妙之处是要通过些许的时日，才能玩味出不一样的意趣。

喜洲的民居，是悠久而深厚的白族历史文化的一面镜子，是生活在苍山洱海间的白族人民伦理学、民俗学、建筑学的历史缩影，是人类最为亲近的一种背景文化，是凝固于时间之河的多重性艺术。兴许只有在大理这种人与自然和谐融会、充满田园牧歌的诗意与文献名邦的古雅的地方，才能够缔造出如此唯美的民居建筑。

七

大理古城不但凝聚了大理的灵气，也同样凝聚了大理的人气、生气、和气、秀气、书卷气和烟火气。

大理古城始建于明洪武十五年（公元 1382 年），城内街道纵横交错，是典型的棋盘式布局。城内的房屋建筑是清一色的青瓦屋面，墙壁多以鹅卵石垒砌，青苔累累，瓦草萋萋，显得古朴而凝重，使其更具个性。岁月的长河，静静地流淌在大理古城的每一条石板街上。在经历了悠悠岁月的沧桑风雨之后，大理古城尚能保存得如此完好，实在是一个奇迹。

生活在大理古城中的人们，深得这座小城得天独厚的灵气的滋养，或善诗文，或工丹青，或精音律，或通匠艺，几乎每个人都活得充实滋润，活得清新洒脱，活得心平气顺，活得有板有眼，活得有滋有味。

在大理，几乎人人都有一门深藏不露的看家绝活：把白布做成五彩缤纷的扎染，把石头磨出惊世骇俗的花纹，把朽木点化成栩栩如生的木雕，把草芥编织成时尚新潮的工艺品……生活在这样一座充满灵性的城市中，什么奇迹随时都有可能发生。

在大理古城，每一间老屋，每一角飞檐，每一条小巷，甚至每一块石头，每一朵茶花，都是一个传说，都有一个典故。世世代代的大理人，在一个个故事里出生，又在一个个传说中老去。在他们的内心深处，都有一个属于他们自己的、永远的老家。正因为如此，大理人才如此痴情地眷恋着生于斯长于斯的这座小城，眷恋着这座小城中的每一条石板小巷。

大理永远是白族人的故乡，不管走了多远，看过多少地方的云，走过多少地方的桥，喝过多少地方的水，爱过多少地方的人，白族人的根依然深深地盘绕在这座美丽的古城。千年万年之后，他们的魂魄依然会叠印在这座小城的石板街中，叠印在古城记忆的底片上。

八

在大理，需要走动的地方很多，需要饱览的名胜也很多，但有的地方是需要坐下来观赏，方能感觉出其中那不一般的味道来的，比如说"洋人街"。

如果仅仅从街面的布局来看，洋人街还真有些像北京的三里屯。所不同的是，这条街的背景是峻峭而旖旎的苍山，四周都是稻花飘香的田园风光，与之匹配的是家家流水、户户花香的民居院落。因而，这条名叫"护国路"的小街，更趋向于自然，趋向于淳朴，充满了一种田园牧歌式的浪漫情调。

在洋人街上走动，你会感受到一种久违的温馨，一种静谧的祥和，一种超然的散淡。来自五湖四海的外国游客，都乐意在这里随心所欲地观光、闲聊、小憩。因为这里有天底下最缤纷的花草、最温馨的客栈、最诱人的美酒和最柔情的月光。

这里有草编、有扎染、有木雕、有泥塑，甚至有水碓、石磨，有最古老的铜匠铺和最新潮的互联网。这里所呈现的，是一幅中国建筑与西方风情完美结合的风俗画。

在这里，或临轩听雨，或静夜煨茶，或品茗谈天，或吟风弄月，都可尽随人意。

在这条街上，你见不到步履匆忙的行人，听不到人声鼎沸的喧哗。恬静、脱俗、质朴、闲适，格调优雅，闹中取静，你会因此陶然而醉，你会因此流连忘返，你也终于会明白：为什么连洋人也喜欢在这里"乐不思蜀"，并把这里作为精神的家园和生命的驿站。

夜色笼罩之后，洋人街的味道也就出来了。烛光摇曳，人影绰约，圆月西倾，酒醉夜阑。如此美景良辰，相信每个人都能找到心灵的钥匙，叩开灵魂的家门。

九

大理的雨也充满了情调，不经意间便从苍山之巅飘洒而来，细腻、透明，犹如白族少女手中刺绣的彩丝，灵动地飞舞着，绣出石板街的空濛，绣出戴望舒《雨巷》的意境，甚至将匆匆来去的过客也给绣了进去，让人恍惚觉得像有什么东西顺着雨丝滑下来，滑进一首诗里，滑进一幅画中，滑进田野阡陌间的低吟浅唱里。

有人在烟雨濛濛的田野上躬耕，有人行走在回家的路上，有人放牧着梦中的云朵，有人追寻着诗意的家乡；也有人正凭借着蝴蝶的翅膀，让心在大理的天空下飞翔，在《五朵金花》的梦寐中飞翔，在《蝴蝶之梦》的迷幻中飞翔。

行走在这烟雨濛濛的城郭间，会有灵气不期而至，会有醉意扑面而来。这个时候，你便是那个离心灵最近的人，离灵魂最近的人，离梦想中的天堂最近的人。

尽管这雨丝和小巷从来都不会记得有谁来过，又有谁离去，但只要是来过的人，便永远也不会忘却这雨中的古城，这古城中的细雨，这雨丝抑或情丝濡湿的石板路。

十

大理，就像是一张古老的唱片，只有用欣赏老唱片的情致，才能真正体会到它的古典，它的韵味，它永恒的魅力。

《五朵金花》的浪漫与传奇，依旧在这方山水间衍生，让多少硬汉子为此儿女情长，英雄气短；《蝴蝶之梦》的梦幻与风情，依旧在这块乐土上上演，那些彩蝶般纷飞的舞姿，梦幻般的迷离色彩，不知又装点了多少人的梦境，复活了多少人沉睡的激情，并且让相当一部分人脚下长根，再也回不了故乡。

我始终相信，不管是谁，总会在生命中某个重要的时段，把大理写进梦想，写进行程，然后一门心思走进大理，走进南诏古国，走进苍山洱海，走进风花雪月，走进蝴蝶之梦。

因为大理是人一生不能不到的地方。

云水往事不会留影，风花雪月自然有情。大理，永远坚守的是美、是爱、是诗、是画、是温馨、是激情，是永不更改的忠贞与守望，就等着所有牵挂它的人来爱、来疼、来欣赏、来陶醉、来感动。

选自《读者·乡土人文版》2006.06

大美张掖，胜景绝色文

木小六

一

　　张掖，中国地貌大观园，西北颜值担当。景观丰富多彩、景色美不胜收的张掖，春有百花、夏有绿野，秋之绚烂、冬之皎洁，都让人心醉神驰。加上丝绸之路重镇的战略地位，张掖自古以来就是一颗丝路明珠，吸引了众多文人墨客前来吟咏题诗，留下"金张掖"的美名四海远播，至今依然吸引着人们的目光。张掖地处中国第二大内流河黑河的腹地，"半城芦苇半城塔"，山清水秀，四季分明，有着浓厚的历史文化底蕴，更拥有丰富而极具震撼力的自然景观，堪称宜居宜游之地。张掖最广为人知的是丹霞。丹霞地貌是大自然亿万年雨打风吹的结晶。张掖的丹霞，集丹霞地貌与彩色丘陵景观于一体，全国独有，是张掖最绚丽耀眼的自然名片。临泽丹霞的绚丽多姿，冰沟丹霞的造型奇特，平山湖丹霞的雄浑壮阔，共同构成了张掖丹霞的大美底气。距离张掖市区大约60千米的平山湖大峡谷，是中国迄今为止离城市最近的，集自然奇观、峡谷探险、地质科考和民族风情于一体的复合性旅游景区。在这里，大自然尽显其造化神秀的雕琢之力。亿万年的地质演变，造就出一幅幅气势恢宏、摄人心魄的地质奇观，其峰峦各具形态，让人目不暇接，这里的壮美超乎想象。很多人都说，置身平山湖大峡谷之中，才真正体会到什么是亿万年沧海桑田的岁月奇迹，才真正体会到生命的渺小和释然后的通透。

二

然而，张掖之美，不仅在于丹霞。地图上，今天的张掖市呈东西狭长状走向，地处青藏高原向内蒙古高原的过渡地带。北边，戈壁沙漠广袤辽阔；南边，祁连山高大雄壮、巍峨耸立。南北地貌截然不同，又遥相呼应，共同滋养了张掖地貌的多样性。张掖的自然景观极其丰富，令世人目不暇接、交口称赞。张掖的旅游资源多达 600 多处，山脉、湿地、荒漠和戈壁交错衔接的独特生态系统，成为西北地区重要的生态安全屏障。张掖的美，融合了江南水乡之韵和西北的开阔雄壮，世所罕见。高耸入云的祁连山，山巅之上千里冰封，终年雪白，广泛分布着冰川；山脚下，消融的雪水冰冷凛冽，悉心滋养着山下的大片土地，形成了千里沃野，给普遍干旱的大西北增添了许多动人的色彩。教育家罗家伦到张掖后，大受震撼，写下这样的诗句："绿荫丛处麦毿毿，竟见芦花水一湾。不望祁连山顶雪，错将张掖认江南。"后两句如今已广为人知，成为张掖风光的代名词，被无数次引用。

三

湿地是大自然的肌肤。和西北干旱地区的戈壁荒漠景观最为不同的，正是张掖的"塞上江南"景观。张掖湿地资源之丰富，令无数想到西北就以为只有戈壁沙漠的人都叹为观止。山林是大自然的骨骼。闻名遐迩的祁连山和焉支山，在匈奴人的语言中，前者被誉为"天山"，后者被称作"天后"。原始森林茂密葱郁，如万顷碧波，覆盖在连绵的山峦之上。

河流是大自然的血脉。发源于祁连山的黑河,是哺育"金张掖"的母亲河,也是河西走廊最重要的灌溉水源,滋养了这里熠熠生辉的文明。沙漠是大自然的激情所在。张掖的沙漠,不断满足着游客视觉观赏和亲身体验相结合的需求,展示着张掖的热情和活力,激发着挑战者的毅力和信念。总而言之,张掖自然景观之美,美在丰富,其地貌之丰盛,包罗万象,令人不由惊叹;更美在多姿,其地貌色彩之绚丽超乎想象,让人仿若经历一场美梦,过足了眼瘾。有一种惊艳,叫大美张掖。在这里,你可以获得前所未有的美学体验,感受到涤荡身心的心灵震撼;在这里,自然之美会让一切形容词相形失色,而你,只需要任目光自由驰骋,用心感受这波澜壮阔的视觉冲击。

冰川

青山不老,为雪白头。
亿万年的风云雪雨化为冰晶和气泡,封存在这片圣洁冰雪中。
如同倒悬的银河,自天际垂落;
又如旷达的原野,万里一色,雄浑壮阔。
它是祁连山系中的冰川,北方河流与湖泊的母亲;
它是亿万年时光中,点滴淡水汇聚的礼物,
是远离尘嚣的大地的深情。

祁连山位于河西走廊南侧,由几条平行排列的褶皱断块山脉组成,绵延 1000 千米,平均海拔在 4000 米以上。"祁连"在匈奴语中意为"天山",便是指其山峰之高。祁连山上拥有丰富的冰川储量,其冰川总面积达 2000 多平方千米,滋养着河西走廊的大片绿洲,被誉为"高山水库"。

也因此，洁白的冰雪成为张掖的一大绝色景观。冰川，远看似银河倒挂、白练悬垂，近看则造型丰富，神秘多姿，令人赞叹。冰雪雕刻的世界，仿若梦幻之境，肃穆而坚韧，圣洁又清冷，在离天很近的高度，带给世人远离尘嚣的澄净之美。八一冰川位于祁连山中段走廊南山的南坡，是中国第二大内流河黑河的发源地，长约 2.2 千米，面积约 2.8 平方千米，冰川海拔达 4500 米。蓝天下，白茫茫的冰川如一面坚不可摧的城墙矗立在大地上，雄伟壮观，摄人心魄。冰川上挂满冰锥，在阳光的照射下晶莹耀眼，衬得天空越发澄净而柔美。七一冰川形成于亿万年前，终年积雪，"青山不老，为雪白头"是它生动的写照。冰川前沿海拔便高达 4360 米，冰川脚下的营地，也有 3700 多米的海拔高度。夏秋时节，这里瀑布飞泻，声震山谷。山坡上，雪莲与冰晶争芳斗艳；山坡下，牛羊遍野，一派勃勃生机。巍峨的冰川矗立于高山之巅，恬静而又充满诱惑。这里经常会有堪称一日之内历经四季般的神奇体验，阴晴雨雪，悉数遭遇，从此再也难以忘怀。

草原

天赐的牧场，梦幻般的焉支山。
它曾是匈奴人留恋不舍的人间春色，
也曾点燃帝国梦想，让守卫征伐的荣耀跨上马背。
千年光阴倏忽而过，祁连山的严冬不减冷峻，大马营的盛夏丰美依然。
马是这片天赐之地的灵魂，
山丹牧场，
也终因战马之名而熠熠生辉。

两汉的《匈奴歌》中，有这样两句："失我焉支山，令我妇女无颜色。失我祁连山，使我六畜不蕃息。"冷兵器时代，兵强马壮是国家军事实力强大的体现。祁连山和焉支山之间，有大片的广阔草原，那里地势平坦，水草丰美，正是放牧的绝佳之地，自古以来，这里就是兵家必争的战略要地。现在，祁连山草原也是《中国国家地理》杂志推荐的"中国最美六大草原"之一。山丹马场位于河西走廊中部，总面积约2190平方千米。山丹马场的历史，可追溯至元狩二年（公元前121年），这里既是中国乃至亚洲最大的军马繁育基地，也是大型的油菜连片生产基地。这里还是很多影视剧的外景拍摄地，以《牧马人》《文成公主》《和平年代》为代表的30多部影视剧，先后在此拍摄。每年的夏秋时节，在山丹马场，湛蓝的天空上白云悠悠，大马营河在草原深处静静流淌，默默地滋养着这片土地。铺天盖地的油菜花是马场最灿烂的颜色，令人心旷神怡。微风拂过，花香袭来，成群的蜂蝶飞舞在这片金黄之上。巍峨的雪山在远处静静守望，与草原遥相呼应，此时策马驰骋，纵横辽阔的天地之间，别有一番豪情自在。皇城草原位于张掖市肃南裕固族自治县皇城镇，在裕固族的语言中，这里被称为"夏日塔拉"，意思是金色的草原。这里曾是元太宗窝阔台的孙子、永昌王只必帖木儿的封地。每年的夏秋时节是皇城草原最迷人的时候。据说，这里每平方米的草地上生长着70多种花草，宛如洒落在碧野间的绚丽油彩，尽情点缀着风光壮丽多姿的草原。康乐草原位于张掖市肃南裕固族自治县康乐镇，康乐因其境内有"康隆寺"而得名。康乐草原总面积1786平方千米，森林面积约300平方千米，是少数民族裕固族的生息地。这里风光秀美，气候宜人，每年7月，人们可以在这里体验草原盛会，观看赛马、射箭、摔跤、顶杠子等丰富多彩的民族文体活动。

丹霞

如同大地上凝固的波浪，身披天边的五彩霓裳；
如众神栖落时修造的城堡，万万年燃烧如火焰般色彩。
晨曦中，日落时，它像大地最原始的热情，充满蓬勃与神秘的力量；
大雨中，雪融后，它是令人望之震颤的上帝之笔，
状貌奇绝，色彩斑斓。

　　丹霞是地理学名词。"每至旦暮，彩霞赫炽，起自山谷，色若渥丹，灿如明霞。"这是《明嘉靖南阳府志校注》中对丹霞景观的描述。红色砾石、砂岩和泥岩在漫长的岁月中，经过长期的风化剥离和流水侵蚀，逐渐形成一个个孤立的山峰和造型奇特的陡峭岩石，是为丹霞地貌。张掖的丹霞地貌，是国内唯一一处丹霞地貌与彩色丘陵景观的复合区。其场面之壮观，规模之宏大，形态之丰富，世所罕见。张掖的丹霞，悬崖峭壁、峰林石柱，尽显大自然的鬼斧神工。其造型之奇特、气势之雄浑，像是造物主打翻了调色盘，在红褐色的山峦底色上，绘就了一幅幅色彩斑斓、气势磅礴的壮美画卷，魔幻而阳刚，大气又壮阔。2005 年，在中国国家地理杂志社发起的"中国最美的地方"评选活动中，张掖丹霞地貌当选为"中国最美的七大丹霞"之一；2009 年，这里被《图说天下·国家地理系列》编委会评为"奇险灵秀美如画—中国最美的六处奇异地貌"之一；2011 年，这里被美国《国家地理》杂志评为"世界十大神奇地理奇观"之一；2015 年，这里入选"全球 25 个梦幻旅行地"。张掖的丹霞地貌，以群体形式散落于张掖境内，以临泽丹霞、冰沟丹霞和平山湖丹霞为代表。临泽丹霞景区位于张掖市临泽县境内，东西长约 40 千米，南北宽 5 至

10千米。顾名思义，临泽丹霞以色彩的绚丽斑斓著称，极目远眺，逶迤的山脉像披着霞光一般，层次丰富、色彩鲜艳，令人炫目。冰沟丹霞位于张掖市肃南裕固族自治县境内，是中国干旱地区最为典型的丹霞地貌，同时也是中国发育最完整、造型最为奇特的丹霞地貌之一。这里奇峰罗列，连绵不绝，形态各异，气势雄浑，以"雄险神奇"而闻名。冰沟丹霞地貌因呈现出极为接近欧洲中世纪城堡和宫殿的造型特征，被著名的地貌学家黄进教授评为"窗棂状宫殿式丹霞地貌中国第一"。其中一座被誉为"罗浮魅影"的山峰，更是因其酷似法国著名的罗浮宫而声名远扬，成为景区地标式景观。平山湖丹霞位于张掖市东北20千米处，与内蒙古接壤，被誉为"西北的张家界"。平山湖丹霞地貌以流水沟壑为基本特征，山势较为低缓，背景多为沙石山，色调略显灰暗，但造型奇特，有种悲壮苍凉之美。

湿地

"甘州城北水云乡，每至秋深一望黄。"
这是一处姿态动人的润泽之地，山光灵秀，水色迷蒙，飞鸟蹁跹。
在日升月落的往复里，晨昏光影的变幻如古城动人的眼眸，
一明一暗秋波激滟，脉脉含情令人怦然心动；
在暮春深秋的交替中，季节气息的流转似甘州深沉的呼吸，
情致万千，勃勃生机孕育出景象无限。

张掖因拥有广袤的湿地资源，而素有"湿地之城""清凉之都"的美名。张掖国家湿地公园位于张掖城区北郊，是一片天然的生态园区，也是离城市最近的湿地，因而对张掖市有"加湿器"和"加氧器"的功用。公

园是国家 AAAA 级旅游景区，占地面积 41 平方千米，其中湿地面积超过 17 平方千米，是沼泽湿地、河流湿地和人工湿地的复合体。这里环境出众，动植物种类丰富，是鸟类的天堂，亦是张掖天然的生态屏障。可以说，山清水秀的张掖湿地，是张掖文明传承发展的摇篮。炎炎夏日里，行走于张掖湿地的曲折栈道上，移步换景之间，仿若自由穿行于西北和江南之间。在这里，你既可以欣赏眼前的蓝天碧水、琵鹭翔集，也可以极目远眺，尽赏祁连山巅的皑皑白雪。两种截然不同的景观风格，就这样毫无违和感，神奇地统一在大自然的麾下。月牙湖景区位于张掖市高台县，这里原是一片沼泽湿地，素有"湖映月牙"的美誉，景区内有野鸭、鱼鹰等野生鸟类生长栖息。如今的月牙湖景区由月牙湖公园和垂钓园两部分组成，还有很多水上娱乐项目，游人身处其中，常常乐而忘返。高台黑河湿地公园位于张掖市高台县黑河沿岸，属于张掖黑河湿地国家级自然保护区。保护区内湿地类型众多，有内陆滩涂、河流湿地、草本沼泽、灌丛湿地、内陆盐沼、人工湿地等 8 种类型；保护区生物资源十分丰富，这里也是许多鸟类迁徙途中的栖息地和中转站，每年有几十万只候鸟从这里飞上迁徙之路。临泽流沙河景区，南依祁连山，北临巴丹吉林沙漠，因黑河与流沙河在此交汇，而形成一片难得的沙漠绿洲。流沙河发源于祁连山，因水流湍急，携带大量泥沙而得名。它流经临泽县城，滋养了这一方水土。临泽，就是紧邻湖泊沼泽之意。流沙河景区位于临泽县城东入城口，以流沙河水域为依托，有丹霞山、天鹅湖等彰显戈壁水乡特色的景点，风光秀美，景色旖旎。传说，唐僧师徒西天取经，就是在路过流沙河时，不慎将经书掉落河中的。

山林

林深见鹿，林在肃南。

浓密的枝叶，广阔的绿荫，随处可见斑驳苔藓。

阳光透过树枝照射而下，林间色彩斑斓，如梦似幻。

山高有灵，山在肃南。

肃南临松山有薤谷，松林滔滔，绿草如茵。

曾有人携弟子凿壁而居，传道解惑，

山林中书声琅琅，留存一缕悠长文脉；

后有人在此开窟造像，

善男信女修造寺院，供奉佛塔，经幡猎猎，梵音袅袅。

何为"祁连"？《汉书》有载："匈奴呼天为祁连。"祁连山涵养的丰富水源，就是"天上之水"。对于张掖，对于整个河西地区的居民来说，来自祁连山的"天上之水"，就是他们世代赖以生息的水源。张掖之美，离不开祁连山。祁连山是西北地区最重要的山脉之一，山上垂直分布着丰富的自然带，在为张掖之美增色的同时，也滋养了生命，令外来人改变了西北干旱的刻板印象。祁连山的自然景观，原始古朴，自然纯真。祁连山终年不化的皑皑白雪，庄严壮丽，如洁白的哈达，在阳光下闪耀着瑰丽的光泽。每年的七八月份，是祁连山风光最美的时节。茂盛的草原连绵不绝，给起伏的大地披上了绿衣，放眼天地间，几乎看不到裸露的岩石和土壤。白云悠悠，和牛羊群一起流动，蓝天白云下，骏马奔驰。在这里，目之所及皆是生机勃勃的景象。在原始森林浓郁的绿色海洋之中，有云杉、圆柏、杨树等林木，有鞭麻、山柳等灌木，密林雪岭之中，还奔跑着鹿群，一派自然野趣。祁连山腹地，蜿蜒的大通河两岸，金黄灿烂的油菜花怒放之时，山风中都洋溢着花香。起伏的丘陵地带，大片青稞随山风摇摆，和油菜花的金黄搭配在一起，美不胜收。焉支山是祁连山的一条支脉，坐落于河西走廊中部。焉支山异峰突起，地势险要，水草丰沛，背阴处积雪终年不化，且地下水资源丰富，也是山丹、永昌交界处一系列河流的发源地。焉支山自古就是优良的天然马场和军事重地，有"甘凉咽喉"之誉。汉武帝时，骠骑将军霍去病就是过焉支山而大战匈奴。焉支山属于高山地貌，北坡较为平缓，生长着天然林木，南坡多为草场。南北两侧，皆分布有冲积平原，适宜发展农业。从南到北，还有大马营滩、黄草滩、花草滩、绣花庙滩等较为平坦之地，适宜畜牧业发展。焉支山中生长着一种汁液酷似胭脂的植物，可用来化妆，因此焉支山又名"胭脂山"。

河流

一线弱水仿佛天地造化的神奇画笔，
它远出祁连，曲折千里，沿域浸润沙石，
唤醒草木，为这一方土地画下绿洲和生机。
"昆仑之北有水，其力不能胜芥，故名弱水"，
是它在远古典籍中的依稀身世；
"弱水三千出祁连，北走千里入居延"，是它无怨无悔的生命轨迹。
它是黑河，以并不丰沛的水量，
养育万千生灵，筑起生态屏障，
改变大地的样貌，滋养着生命的希望。

　　有句话说:"弱水三千,只取一瓢饮。"《山海经》《尚书·禹贡》等文献中,将黑河自金塔县天仓到额济纳旗湖西新村这一河段称作弱水,亦称额济纳河。黑河发源于祁连山北麓中段的八一冰川,因积雪融水携带了大量黑沙、水呈黑色而得名。黑河流经青海、甘肃和内蒙古三个省区,最后注入内蒙古西部的居延海,干流全长800多千米。黑河为张掖的生活用水、农业灌溉和城市工业提供了主要水源。黑河两岸绿意蓬勃,田畴如画。正是因为黑河的滋养,张掖才水草丰美,农牧业发达,到处呈现生机勃勃的自然景观。黑河两岸地形狭窄,山崖陡峭,水流湍急,先后规划建设了小孤山、二龙山、大孤山等8座水电站,为张掖的发展不断地注入绿色新能源。为了保护黑河流域的生态环境,2011年,经国务院批准,张掖黑河湿地国家级自然保护区成立,黑河也成为许多鸟类的乐园。2016年,美国鱼类及野生动物管理局的专家在考察黑河湿地自然保护区后认为,黑河湿地的生态特征,可以媲美美国科罗拉多州的圣路易斯湿地。每到日出日落时分,霞光映红了天际,黑河流域,水鸟、雾气和河流、树木,共同构成一幅幅宛若仙境的美丽画面。而每年的盛夏时节,当热浪席卷大地之时,黑河水畔却云烟浩渺,凉风习习,将如画的风景和舒适的绿意带给沿岸的人们。可以说,如果没有黑河,就不会有张掖的绿洲。对张掖人民来说,祁连山就是父亲山,黑河就是母亲河。

湖泊

如同一个透明的秘密,
收藏太多川流不息、绵延千里的故事,
涌动岩层深处沉默不语生命的脉息;
使无数翻山越岭不曾放弃的决心终于汇聚,

使地心千回百转未曾消失的柔情缓慢浮现。

它长久留驻，与天空相映，印记星辰的轨迹，迎接迁徙的鸟群，

滋养一座城市的风花雪月，永远给予一方柔软与安宁。

    湖泊是大自然灵动的眼眸。据古籍记载，古时的张掖，城内外抬头见苇，举步见塘，家家有泉水，户户植垂柳。民间亦有"甘州不干水池塘"的说法。水，自古以来就和张掖有着不解之缘。张掖的湿地景观中，有许多清澈的湖泊和大面积的芦苇荡，小桥流水、湖光山色与葱郁的林木一起，构成了"塞上江南"、戈壁水乡的风光特质。芦水湾生态风景区位于张掖滨河新区，是国家 AAAA 级旅游景区。芦水湾占地面积约 3 平方千米，水域面积约 1.5 平方千米。景区内，燕然、云中、居延三组湖泊呈梯级分布，犹如璀璨的明珠镶嵌在张掖大地上。湖区沿岸，错落有致地分布着各种植物和花卉，行走于景区中，碧波轻漾，芬芳四溢，生机盎然，处处是舒心养眼的风景。这里曾是一片乱石滩和采沙场，近年来，随着生态文明建设的大力推进，生态环境得到持续改善，这里才逐渐被建设为风景亮丽的新景区，成为人们休闲娱乐、观光健身的好去处，也成为张掖一张崭新而耀眼的名片。夏日时节，无人机航拍视角下的芦水湾景区，碧水蓝天，草木葱茏，湖光山色，如诗如画。芦水湾生态景区，已成为张掖的后花园和天然的加湿器。大湖湾景区距张掖市西 70 千米，位于张掖市高台县，总面积 10 平方千米左右，主要由大湖湾和西腰墩两座水库构成，是国家 AAAA 级景区。大湖湾古时被称为海底湖、苇场湖，其位置北望弱水河畔，南眺祁连山脉，是一处集农业灌溉、休闲旅游和水产养殖于一体的综合旅游自然风景区，植被覆盖率高达 95%，被水利部评为"国家水利风景区"。这里地势低洼，水量充足，适合多种鸟类栖息繁

殖。大湖湾景区湖光塔影，静谧如画：晴朗时水天一色，阴雨时烟波浩渺；春季冰雪消融，山花烂漫；夏季山清水秀，郁郁葱葱；秋季色彩斑斓，美不胜收；冬季银装素裹，澄澈静美，总让人流连忘返。

沙漠

这里的沙山，有蜿蜒曲折如刀刃的曲线；
这里的沙丘，连绵不绝如大海波涛掀起的滔天排浪。
风雕刻出条条纹路，细微的颗粒日夜迁移。
骆驼、徒步、越野，
人类能否走出这片永远变幻的流动之地？

"大漠孤烟直，长河落日圆。"戈壁沙漠景观，是人们心中最为普遍的西北边塞地貌的印象。张掖虽是绿洲城市，但在距离甘州城南 13 千米处，还是有一片广袤的沙漠。这里兴建了一座国家沙漠体育公园，总面积 35 平方千米，是中国距离城市最近的沙漠体育公园。公园主要建设有综合服务、运动观光、沙漠探险、戈壁体验、生态科普 5 个功能区。沙漠是运动者的天堂。游客可以在这里体验赛骆驼、滑沙、射箭、沙漠越野、沙漠滑翔等惊险刺激的运动项目，体验速度与激情的豪迈，也可以漫步沙海，欣赏形态各异、丰富多彩的沙雕。这里的沙雕结合了河西文化、异国风情和童话元素，主题鲜明，风格独特，穿梭其中，会让人感觉正在体验一场浩瀚的沙漠景观视觉盛宴。沙漠是挑战极限的乐园。每到盛夏时节，常有徒步爱好者在张掖的沙漠里，冒着高达 38℃的气温和近 50℃的地表温度参加徒步活动，挑战自我极限，锤炼坚韧毅力。按国际标准赛车场修建的体育公园国际赛车城，占地面积约 6 万平方米，面向沙漠，背靠绿洲，呈圆弧造型，视野开阔，设施先进，可承接国内外各级别的正规赛事，也让沙漠运动的惊险体验得到了专业的升级。即使冬季，也不能阻挡游客的热情。唐代诗人李贺有诗云："大漠沙如雪，燕山月似钩。"在月光的映照下，黄沙呈现出如雪的景象。而真实落雪后的沙漠，比月色下的沙漠更美。瑞雪覆盖的沙漠银装素裹，沙与雪和谐共存，宛如童话世界一般美丽纯净，这样的独特景观，吸引着众多观光者不畏严寒，追寻而来。

选自《读者欣赏》2019.09 上

东方的威尼斯——同里

韩开春

太湖之滨，大运河畔，有一座保存完好的水乡古镇，虽然没有"中国第一水乡"的名号，却也有"东方威尼斯"之美誉，一样有小桥流水，一样有粉墙黛瓦，一样有桨声灯影——这个美丽的古镇便是同里。

据史书记载，同里旧称"富土"，唐初，因其名太侈，改为"铜里"。在唐代，铜里一带尚属村市，镇在二十六都九里村。宋代，又将旧名"富土"两字相叠，上去点，中横断，拆字为"同里"，"乃始称镇也"，并沿用至今。

我们去同里，是因为听了同行的介绍。早就知道同里的大名，但是一直不知道同里好在哪儿，有什么独特之处。去年夏天，因为工作的关系，我们去吴县日报社考察，热情的主人得知我们已经去过周庄，便极力怂恿我们去同里看看。从主人口中，我们得知同里有"三多"，其一是名人多。自宋淳祐四年至清末，先后出过状元 1 名，进士 42 名，文武举人 90 余名，名人名士举不胜举。其二是明清建筑、深宅大院多。从 1271 年至 1911 年，镇上先后建成宅园 38 处，寺观祠宇 47 座。其三为水多、桥多。镇上街河并行，桥路相接，东西走河，南北架桥，以河道为骨架，依水成街，环水设市，傍水成园，巧妙地把河、桥、街、路、园连结在一起。除了这些，同里的"一园三堂"也是大有来头，其中的"退思园"，作为苏州园林的扩展项目，入选《世界文化与自然遗产名录》，堪称"江南水乡私家园林的典范"。主人泛泛而谈，客人已是心痒难耐。考察一结束，我们便立即驱车前往同里。

让人没有想到的是，当我一踏上古镇的土地，同里给我的第一印象居然是热闹。热闹的街市，拥挤的人群，全然没有想象中江南水乡的幽静。其实略微思忖一下也就释然了，热闹本该是情理之中的事情，毕竟它已经成为苏州著名的风景区，没有人倒好像是很奇怪的事情了。同里之所以给我的感觉跟周庄不一样，其实应该是我自己的问题，那便是因为我去这两个地方的时间不同：去周庄是在傍晚，小镇卸去了白天的繁华，当然就会恢复它本来的安静姿态；而来同里正值上午，是游人正多的时候。因此，心中留下小小的遗憾，毕竟在我的心目中，小桥流水人家的江南水乡应该是幽静娴雅、远离尘世的车马喧嚣。

随着涌动的人潮，我们来到了这个小镇最值得骄傲的地方——退思园。一进退思园，立即感到了它的与众不同。在我的印象中，豪宅大院应该都是一眼望不到底的，房屋纵深，豪华气派，而退思园却是横向建造，很容易让人误会，认为这个大宅与它的名号极不相称。只有当你踏进边门，才会发现里面别有洞天。在你了解了主人的身世后，便会在惊诧于主人的构思巧妙之余，体味到主人建这个园子的用心之深。这个退思园的主人是清光绪年间任安徽凤颍六泗（凤阳、颍州、六安、泗州）兵备道兼凤阳钞关之职的任兰生，他在被弹劾落职后，回到故乡同里建了这个宅园，前后共建了4年时间。既然是贬官，自然和正常的告老还乡不同，任兰生的心理上总有一点不荣耀的感觉，园名"退思"意即"补过"，取自《左传》"进思尽忠，退思补过"，可见主人用心之一斑。退思园的总体结构因地形所限，一改传统的纵向结构为横向结构，即西宅东园，这既符合主人不愿露富（不至于让人一眼看到底）但又追求完美的本意，在苏州私家园林中，独辟蹊径，形成了自身独特的风格，可谓歪打正着。

退思园的主体建筑分东西两侧，西侧建有轿厅、茶厅、正厅，为婚丧嫁娶及迎送宾客之用。东侧为内宅，建有南北两幢"畹香楼"，楼与楼之间有东西双重廊贯通，俗称"走马楼"，为江南之冠。园景部分亦分东西两侧，西庭和东园。庭系园之序，中置"坐春望月楼"、"岁寒居"。退思园以水为中心，亭、台、山、堂、廊、轩、榭、舫皆紧贴水面，因如出水上，所以又有"贴水园"之别称，可谓江南独秀，在建筑美学上堪称一绝。毋庸置疑，正是水成就了退思园的灵魂。北岸的退思草堂为全园主景，站在堂前平台上环顾四周，琴房、三曲桥、眠云亭、菰雨生凉轩、天桥、辛台、九曲回廊、闹红一舸舫、水香榭、览胜阁以及假山、峰石、花木等，围成一个旷远舒展、彼此对应的开阔景区，构成一幅浓重的水墨山水画长卷。而每一座建筑既可独立成景，又能互为对景，彼此呼应。其中坐春望月楼、菰雨生凉轩、桂花厅、岁寒居，点出了春、夏、秋、冬四季的景致，琴房、眠云亭、辛台、览胜阁塑造出了琴、棋、书、画四艺的景观。

站在园内，叹为观止，若不身临其境，谁能相信一个占地仅 9.8 亩的私家园林，竟会跻身于"世界自然与文化遗产"之列？只有身处其中，你才能体会出它的妙处；也只有立足此处，你才能明白，为什么在江南众多的私家园林中，独此园秀出于林。只观此园，就已经觉得不虚此行。

出园下河，租一叶扁舟，徜徉水中，听"吱吱"橹声，看飘飘垂柳，悠然自得，潇潇洒洒。既来水乡，就做一回水乡人吧。有同行人便拿过艄公手里的橹，装模作样摇将起来，谁知在艄公手中那么驯服的橹，到了他的手里怎么也不听使唤，任他怎么用力，船也只在原地打转，哄笑声中，只得自嘲橹也认人，不是水乡人，使不得水乡船，老老实实地将橹交给艄公，还是逍遥自在地做游客吧。

　　船渐向前，远远地望见前方三条河流的交汇处，三座小桥如同鼎足伫立河上，碧水映古桥，绿树藏娇影，很是迷人。艄公告诉我们，这便是鼎鼎大名的三桥，桥名分别为"太平""吉利"和"长庆"。在同里人的眼中，这三座桥是消灾解难的象征，所以除了每年的固定习俗外，这里的居民还有"走三桥"的习俗。同里人深信：小孩走三桥，聪明伶俐；老人走三桥，身体健康；小伙子走三桥，平步青云；大姑娘走三桥，貌美如花。每有居民婚娶，更要让新郎和新娘在鼓乐声中过三桥，保佑夫妻白头偕老。

　　离船上岸，我们又参观了同里著名的三堂——"崇本堂""耕乐堂"和"嘉荫堂"，游览了同里独有的明清一条街。所到之处，虽然人头攒动、人声鼎沸，略略有点败兴，但一路的古色古香和小桥流水的景致，仍使人感到瑕不掩瑜。

　　虽然意犹未尽，虽然有些不舍，但是我终究还是要离开此地，毕竟对于同里来说，我只是一个匆匆过客，一如小镇桥下日复一日的流水。

选自《读者·乡土人文版》2006.05

敦煌记——三万盘石磨

马步升

十几年前的敦煌，城圈与鸣沙山、月牙泉之间，有着一望无垠的戈壁滩。戈壁滩上除了稀落苍黄的沙生植物外，就是这种地貌上独有的大如牛头、小如米粒的砾石了，砾石的色泽杂而乱，一律散发着远古蛮荒的气息。无论冬夏春秋，敦煌都是不缺阳光的，阳光打在砾石上，几乎所有的砾石都是会反光的，一星一点的反光汇聚起来，好似亿万颗小太阳，平躺在地上，向天空散布着目迷五色的光芒。

现在，这一块万古旷地已经被各种各样的现代建筑覆盖了。最令世人瞩目的当然是敦煌文化博览园。那一片浩大的古代宫殿式的建筑，在一年一度的敦煌文化博览会期间，世界各地的客人云集于此，仿佛典籍记载中的汉唐时代的敦煌，辉煌而包容，因容纳四海而辉煌，因辉煌而敢于迎接世间万有。在敦煌文化博览园的旁边还有一个盛大的博览园，取名："天赐一秀"。天赐，取譬再也明白不过的，而一秀之"秀"，则是创建者名讳中的一个字：赵秀玲。秀自天赐，以秀答天，正是天人互补的礼数。在这占地一千多亩的戈壁滩上，12 个建筑面积都在两千平方米以上的展览馆，既非传统的庄重典雅的中式风格，亦非以金碧辉煌为能事的现代式样，而是从古希腊、古罗马的神庙建筑吸取灵感，门脸不事张扬，里面却宏阔敞亮。展品以西北风物为主体，涵容古今西东。各个建筑的框架为混凝土浇筑，装饰却是就地取材。把戈壁滩上的砾石用水泥搅拌以后，技工们随手摔在墙上，凝结后，凹凸有致，与周遭环境浑然一色。

最具创意的莫过于园区的路面了。广阔的园区空地仍然保留着戈壁滩的质地和底色，砾石与黄沙相伴，微风拂掠，细沙如小蛇在砾石间游动，阳光朗照，一条条细细的沙流，便是一道道泛射着金色的光芒。而人行道却是用磨盘铺成的。磨盘是圆形的，大小不一，厚薄不一，一盘盘拼接起来，一圈又一圈。薄一些的磨盘，下面用沙土垫起来，与厚一些的磨盘组合为大体平整的路面。那么，磨盘与磨盘之间的空隙怎么办呢？或者任其自然，或者以砾石填充，因材赋形，随形表意。每一副石磨都是由上下两扇磨盘组成的，在上的那扇磨盘都有两只磨眼，那是待加工的原粮进入两扇磨盘之间的通道。磨盘平躺在地上，两只磨眼像人的两只眼睛，躺在大地之上，仰望昊天苍茫，世事纷纭。下面的那扇磨盘有一只磨脐，形状活像人的肚脐眼儿，讲究着呢，箍一圈儿铁片，大多的凿出一个孔罢了。一副完整的石磨，下面的那扇磨盘，磨脐上要镶嵌一根短短的铁柱，将上下两扇磨盘连接起来，其作用类似于车轴。有的铁柱被拔掉了，露出一个圆坑，两三寸深浅，也像磨眼一样，仰望着无际空宇。随风而起的黄沙飘落在磨眼和磨脐里，有的已经被填满了，人们肉眼看不见这个过程，但从中能够感知到沧海桑田从来都是由细微而达于剧变的。

至少在北方的农村，在漫长的农业时代，一家一户都是有一副石磨的，而广阔的黄土高原，形形色色的黄土，触目皆是，行走于黄土之上，耕作觅食于黄土之中，寄身于黄土窑洞中，缺衣少食，缺水缺柴，唯独不缺的是黄土。一切的生存资源，包括生存灵感和智慧，无不取自于黄土。

在种种短缺中，还缺石头。不仅缺可用的石材，如有恶狗突然来袭，匆忙间连一块打狗的烂石头都找不到。而生活中不可或缺的石磨，却需要上好的石材才可敷用。亿万斯年的流水将松散的黄土层下切上百米，乃至数百米，才可露出岩石。而黄土高原的岩石层与黄土层类似，石质松散而破碎。往往在一方横阔百里的范围内是找不到岩石的，即便有岩石裸露，其材质也未必可以用来打造石磨。在农业时代，人们的工程能力是极其有限的，不可能深入岩石深层去开采石材。也因此，一副石磨几乎是所有农家的一份必备的重要家当。

对每户农家来说，一副石磨就是家中的一口人，而且是顶梁柱式的那口人。石磨在家中享有尊崇地位，磨坊一般都被安置在与家长同等地位的那孔窑洞里，而且给石磨编制了许多带有重大禁忌的民俗，代代流传，代代强化，一个人在懵懂时，已开始接受这样的训育，犹如对待祖先和鬼神那样的禁忌，都是植根于心灵深处的，家中哪怕再宝贝的孩子，无论如何淘气霸蛮，要是对石磨有所不敬，同样会遭到严厉处罚的。

人们依靠土地活命，粮食凭借石磨加工，农人们像崇拜土地那样敬畏石磨，这是对生存和生命本身的敬畏啊！细细观摩集结于展览园的3万多盘石磨，无异在阅读3万个家庭曾有的生命。一副石磨，往往要服务几代人，一百年，两百年，都属正常。想想看，粮食从下种到长成，打碾入仓，再到加工成米面，将是多么漫长而艰辛的过程。人们习惯说，一滴汗水换来一颗粮食，而人们往往把这句话当成形容词，言下之意，一粒粮食是用不了一滴汗水的。其实，只要在传统农业时代的黄土高原当过农民的人都知道，一滴汗水是换不来一粒粮食的，如果真可以一对一交换，粮食将是多么的丰裕，基本是不会频繁出现饥馑现象的。冬小麦从今年的中秋下种，到来年的秋初收割、打碾完毕，几乎要耗时一整年，玉米等大秋小秋作物，也需要长达半年的生长期。也许，广大的北方天寒地冻，土硬水硬地气硬，因此粮食颗粒也硬。原粮在石磨的转动中，从磨眼鱼贯而入，在上下崚嶒的磨齿啃咬下，发出巨大的轰鸣声，被咬碎的原粮从磨缝中喷吐出来，磨面人收入箩中，筛下面粉，再将原粮碎片重新灌入磨眼，循环往复，榨尽面粉，直到再也榨不出面粉的麸皮。

如此坚硬的原粮，便需要比原粮坚硬多少倍的石磨。摆放在博览园的石磨，石质不一，大多是粗麻石。有的呈暗红色，有的为青白色，大多为土黄色，一如黄土地的颜色。大多的磨盘直径为七八十厘米，厚度为二三十厘米，不用说，这是小门小户人家用的，三五口人，一头毛驴拉磨，一人磨面，一天可以加工大约百八十斤原粮，可供一家人一周的用度。而这种规格的石磨，占去整个收藏品的八成以上。这也符合漫长农业时代北方农村的实际。大号的石磨，直径大约有一米，厚度有四五十厘米，不用说，这是大户人家用的。这种石磨必须要役使身强力壮的马匹或骡子才可拉动，有时，一头骡子也坚持不了一天，中途需要别的骡子换班。这种规格的石磨，一天大约可以加工两百斤原粮。

在漫长的农业时代，农人艰辛，与农人为伴的牲畜也艰辛，人和牲畜从年头到年尾，从天不亮到天全黑，不懈劳作，也未必能够活得下去。然而，艰辛的生活并不能泯灭农人们追求美的天性和愿望。大多的磨盘上只有必具的磨眼、磨脐、磨齿，简洁而实用。有的磨盘上则雕刻着各种各样的花纹，有阴阳鱼，有荷花、牡丹、山丹花，还有一盘石磨上錾刻着一条壁虎，头部硕大昂扬，尾巴细长灵动，不知这是什么讲究，是出自主人的要求？还是石匠的率意而为？石质再坚硬的石磨，半年，顶多一年，都要再錾一次的，称为錾磨。原因是磨齿老了，石磨将原粮啃碎，也磨损了自己的牙齿，正如人啃咬食物，也会磨损牙齿。这就需要石匠重新将磨齿錾磨锋利。在磨盘路上，一眼可以看出，有的石磨已经用过很长时间了，百年都不止，在石匠的反复錾刻下，磨盘表面已经深深凹陷。而有的石磨，大约服役时间不长，就废弃了，这也正好折射出时代的信息，40年间，中国农村发生的巨变，恐怕此前连神仙都未必预料得到。

石磨是必需品，錾磨石匠也成了北方农村受人尊敬的匠人，在所有的农家都会受到崇高礼遇。每当农闲时节，石匠们一个个走村串户，农家妇女像招待贵客一样，用自己最好的手艺，拿出最好的食物，对石匠殷勤备至。因为，磨面的活儿主要由她们承担，如果对石匠招待不周，那些心术不正的石匠稍微在石磨里耍一些手腕，这一年可就惨了。当然，这是例外，主要源自对石磨和手艺人的敬畏。

3万盘石磨落户敦煌，却是来自北方广大的农村，遍及华北平原和黄土高原。多年前，当机器加工粮食在农村普及之时，每个农家对占据一间磨坊的石磨弃之不忍，又用不着，在这众多农户心有千千结的当儿，赵秀玲女士的"天赐一秀"也在山清水秀的陇南刚刚起步，此时，她已敏锐地感觉到，传统的农村彻底转型的时代来临了。此后，便是泱泱农业人口涌入城市的世纪性大潮。一个个原本饱满的村庄眼看着空了，而这是千年剧变，并且是不可逆的大趋势。农业时代结束了，农村转型了，或者，有的农村可能会从此完成自己的历史使命。那么，几千年的农业记忆，以及承载这些记忆的农村风物，也要被随手丢弃吗？她开始收集农业时代的用物，马车牛车，门扇门窗，各色劳动工具，还有石磨。起初是就近，然后呈圆圈形向四周延伸。敦煌从开埠以来，便是世界性的，在汉唐时代的近千年间，曾经是人类文明的重要交汇点。到了新时代，敦煌以世界的眼光重现辉煌。赵秀玲千里迢迢，从锦绣陇南转战西北荒漠，斥巨资打造新的天赐一秀。在这样一个广阔的舞台上，上演什么样的剧目呢？留住乡愁，留住中国传统文化的根，留住中国人的精神家园，这是大踏步前行的时代最为理性的声音。

石磨，只是广袤北方农村在漫长农业时代的一个象征物，搬来石磨，如同吹响了北方农业文明魂魄的集结号。而敦煌向来被誉为世界的敦煌、人类的敦煌，石磨在这里集体亮相，无异于将中国北方农业时代的魂魄搬上了世界的舞台。留住传统不是为了滞留于传统时代，而是让现代更为丰富，让现代的脚步走得更稳当。磨盘拼接起来的园区道路长达几公里，人们的脚步踏在峻嶒的磨齿上，脚心传来隐隐的硌痛，那一声声叮咚是在提醒人们，所谓的现代生活源自于深幽的传统。而石磨道路的尽头则是足球场大小的剧场，剧场设在一块天然的洼地里，周边用石磨砌成堤岸，过去用于建房的柱石则是观众的坐凳。石磨虽然尊贵，但重在实用，而柱石则是一栋房屋的支撑点，既是一户人家居住安全的保障，也是供人观瞻的脸面。柱石的石质多样，以汉白玉为主，柱石周边大多雕刻着各色图案，其意旨大体指向福禄寿喜，还有对天时地利人和的祈愿。赵秀玲在收集石磨的同时，也收集了数千枚大小不一的柱石，同样的传统时代的用物，在这里珠联璧合，堪称绝配。更绝的是，供模特出演的长达几十米、高约两米的 T 台，全部用磨盘搭建。模特身穿最时尚的服装，走在古老的磨盘上，在高科技的声光电照映下，百娇千媚，尽显时代风流，观众的尖叫声、呐喊声，混合着千变万化的声光电，古老的大漠，古老的大漠中的古老的敦煌，会是一种什么样的景致！

不妨做一个浪漫主义的设想：假如让3万名身着各色花布衣裳的女性，坐在3万只筛面的面柜前，身旁3万头大牲畜，拉着3万盘石磨，在同一时间，同一场地，同时工作，那将是多么浩大的足以感天动地的场面啊！而能够提供这么空旷场地的，也许只有西北的戈壁滩。最具备资质的是敦煌。敦者,大也,煌者,盛也。敦煌自开埠之日起,都是面向世界而容纳世界的象征。

第一次踏上园区的石磨道路时,敦煌刚下过一场雪,阳光如清凌凌的冰碴子,寒风如见血封喉的利刃。远眺,原本金黄色的鸣沙山一派银白,园区的沙山覆盖着一层白雪,移植来的几人才可合抱的胡杨林,在阳光下,将倒影铺排在雪地上,一株胡杨的阴影下,足可掩藏五六个人,白雪与暗影,虚幻而真实。山下的石磨路,在白雪下或隐或显,宛如一个个若有若无的古老的精魂,而有着看不见却能感觉得到的精魂的护佑,所有的寒冷都被一种遥远的暖流所温暖。一位来自华北的青年女子,在她留洋期间,老家的土地被征用了,哥哥全家也移居城市,老家没了。她想把家中的石磨搬走,留下对父母、对故乡的念想。哥哥说,咱家的石磨卖给了一个敦煌人。她冒着风雪,辗转千里循迹而来,她不是为了赎回石磨,只是想最后看一眼那副助她成长并走向远方的石磨。当然,她没有找到自家的那一副石磨。在寒风中,3万盘石磨从眼中依依而过,她忍不住泪流满面,而再度举目伫望这一片博大天地时,她心安了。她家的石磨落户敦煌,就像磨盘的形状一样,也许是一个最为圆满的句号。

而今再度拜访3万方石磨,已经是另一年秋天的尽头,立冬的第一日。没有雪,只有风。敦煌落雪是罕见的,而敦煌刮风却是日常的。风不大,也不甚寒,但也是冷风。冷风刚够吹动内心那种沉潜的古老的情怀。行走在石磨路上,慨然时,一步跨过一副磨盘,好似我们大步走过的通往现代的迅疾脚步;沉郁时,轻移碎步,好似3万方石磨同时转动,磨盘啮咬原粮的破碎声,声声从历史的深处轰轰响起,那就是古老文明的回声啊!

选自《读者欣赏》2019.01 下

风情成都

肖平

流水环抱的城市

成都是一座在水边长大的城市，汩汩的流水，处处花娇柳媚，使成都人显得温文尔雅而又富有浪花般的情趣。

在很长一段历史时期，成都是一座名副其实的水城。意大利人马可·波罗以元朝官员和旅行家的双重身份游历成都时，他站在成都的一座廊桥之上，看着如同鸟翅翻飞的帆影，听着流水的淙淙声和船桨的划水声，感到一股潮湿的风在轻轻吹拂。这使他想起了自己的故乡，那座泡在水中的华美之城——威尼斯。"两江抱城"的城市格局、秀丽的山川以及像杜甫草堂、武侯祠那样的人文古迹，使这里的人充满了生活的情趣和机智。

成都由于水的滋养，变得特别浪漫，令人陶醉。《蜀梼杌》对后蜀时期成都的水上游乐胜景做了描述："龙舟彩舫，十里绵亘，自百花潭至万里桥，游人士女，珠翠夹岸。有白鱼自江心跃起，腾空而去。"而任正一《游浣花溪记》更是极写游玩的盛况，满城士女"泛舟浣花溪之百花潭……架舟如屋，饰彩绘，连樯衔尾，荡漾波间，箫鼓弦歌，喧闹而作。其不能具舟者，依岸结棚，上下数里，以阅舟之往来"。

这座被水培育起来的城市，气定神闲，没有暴虐的性格，更没有侵略性，它总是很谦逊地吸收外来的东西，然后再把它们转化成自己的东西。另一方面，水的柔韧和妩媚使人随和而有礼，在自信的同时又有一种谦逊的品格。

鲜花点缀的古都

成都的形象一直与花有着千丝万缕的联系。最早把花与成都的形象联系在一起的人，是五代时的孟昶。他曾经命人在成都的城墙上"遍植芙蓉"，金秋送爽时节，城墙上五颜六色的芙蓉花开了，"四十里如锦绣"，把秀美的成都城映照得无比浪漫温馨。因为这个典故，成都被称为"蓉城"。不在森严巍峨的城墙上放置刀剑枪炮等防御工具，而是种植娇艳的芙蓉花，这在中国的建城史上是绝无仅有的。

宋代，海棠花和梅花成为成都的"市花"。宋祁的《益部方物略记》说："蜀之海棠，诚为天下奇艳。"诗人陆游回忆在成都的时光时写道："当年走马锦城西，曾为梅花醉似泥。二十里中香不断，青羊宫至浣花溪。"可以想象，在一座鲜花盛开的城市中，人们的鬓发上、衣襟上、生活中都有花的映衬和陪伴的情景。

成都的街头常有小贩提着一串串黄桷兰在兜售，两朵三朵用线串起来。花有玉一样的质地，十步开外就已香味扑鼻。女人买一串挂在衣襟上或插在鬓角上，男人买一串挂在汽车的挡风玻璃后面。到了冬天，卖梅花的人用自行车驮着一束束的梅花沿街叫卖，人们买回去插在花瓶里，半月之中，家中都散发着幽香。

休闲者的天堂

成都的官吏历来有宴饮的雅好，成都的百姓历来也有喜欢吃喝玩乐的风气。在这座温柔富贵、润泽华美的城市里，人会有一种本能的追求。杜甫曾经这样描绘成都的安乐之风："锦城丝管日纷纷，半入江风半入云。"当时携家带口到成都避难的杜甫，他记忆中的中原是一片兵荒马乱、民不聊生的凄凉景象，与成都太平盛世的安逸和欢乐形成的鲜明对照，使他对成都产生了发自内心的热爱。在成都度过的那几年，可以说是他一生中最值得珍惜的岁月。

成都人的游玩习俗历来兼有与艺术和经济贸易功能相结合的特点，反映了一座城市旺盛的人气、丰富的物质和欢乐的精神源泉。时至今日，成都人依然保持着这种古风。正月初一游武侯祠，初七游杜甫草堂，二月游青羊宫的灯会、花会……再加上名目繁多的小吃节、交易会等，一年四季总有好玩好看的地方值得人们流连。

元代费著所撰的《岁华纪丽谱》，非常详尽地记录了唐宋时期成都人的宴饮和游乐生活。在这本书的序言里，有这么一段话："成都游赏之盛，甲于西蜀，盖地大物繁而俗好娱乐。"意为成都平原地大物博，自古就有喜爱娱乐的风俗。遇到成都太守在岁末邀集百官宴会之时，还有戏班优伶吹拉弹唱。在此期间，成都的百姓也出来游乐，"士女栉比，轻裘玄服，扶老携幼，阗道嬉游"。这样的活动像一个盛大的庙会，当然会吸引民间艺人前来表演，于是，人们便饱赏这精彩百变的四方奇技。

浪漫之都

成都是容易产生两情相悦故事的城市，这种故事的极端表现便是私奔，最著名的是西汉年间的司马相如和卓文君的私奔。司马相如是汉赋第一高手，可谓当时的天下第一文人，这个土生土长的成都青年有一次到邛崃做客，竟与卓文君引出一段千古流传的佳话。两人私奔后，隐姓埋名，在成都开了一家酒店。

到了唐代和宋代，仍有许多著名的文人来成都寻找那家著名的酒店。比如李商隐就曾经在成都的街头徘徊了很久，写下"美酒成都堪送老，当垆仍是卓文君"的诗句。与其说敏感的诗人是在寻找一家酒店、一个让人倾慕的女子，毋宁说他是在寻找成都的一种浪漫情怀——这种浪漫而坚贞的精神虽经时间的消磨，仍然激动人心。

成都美女薛涛在唐代闻名遐迩。一方面是因为她的诗，另一方面是因为她写诗时所用的"载体"，即著名的"薛涛笺"。在整个唐代以及中国历史上，没有哪一位诗人像薛涛那样讲究诗的"载体"——这就是成都女人的格调。这是十种不同颜色的笺，薛涛可根据馈赠对象的不同或心情的不同，而选择用某一种颜色的笺来写诗。《续博物志》上有一段话："元和中，薛涛造十色笺，以寄元稹，稹于松花纸上寄诗赠涛。"两个诗人的寄诗活动多么浪漫！薛涛一生中，曾经以诗与近20位著名诗人唱和过。她之所以喜欢用"十色笺"，并不是因为她对谁特别倾慕，而是因为这个成都才女有这样的情调，她喜欢这么干。

别样的女人

2003年夏天，北京《中国国家地理》杂志的编辑到成都约稿，就餐地点选在华兴街。席间，一名编辑谈起了这个夏天他对成都的感受："我一进市区就觉得街上的伞特别多，不是交警们用的伞，也不是下雨时撑的伞，而是女人们支在自行车车把上的伞，这些伞有红色的、淡蓝色的、杏黄色的、草绿色的，有的还带着荷叶花边。它们在太阳底下像风车似的招摇而行，让我感到很欣喜，像在酷热的暑天吃了冰淇淋似的舒服。"

站在成都的街头仔细观望，发现成都女人跟其他城市的女人有很大差异，那就是她们都像薛涛一样，有很多小的情趣让你迷恋不已。最显著的例子是女人们开的汽车，除了车的外形比较女性化、时尚化以外，车内的装饰也很有情调，里面挂满了布娃娃、狗熊、小鹿等装饰品。那些或活泼、或憨厚、或顽皮的玩具不仅带给你温馨的感觉，也带给你成都女人特别调皮的感觉，让你会盯着那辆车望上半天，然后怅然若失地走掉。

美食的故乡

成都是全国有名的美食之城，饮食文化特别发达。在成都住惯了的人一旦到了别的城市，最不适应的并不是气候、居住条件等大问题，而是那张习惯了成都美食的嘴开始反抗，他们开始怀念起成都那些牵肠挂肚的美食美味来了。他们都有一张训练有素的嘴，味觉特别发达，唇舌特别敏感挑剔，就像吸烟成瘾者依赖香烟那样依赖成都的美食，这一点极难改变。

因为成都人都生了一张"好吃的嘴"，所以他们宁愿把收入的很大一部分用于吃，这就使得成都街头的饭馆成为城市的一大奇观。有餐饮一条街，有小吃一条街，没有哪一条街上找不到一两家像样的饭馆。

成都人对美食的崇尚几乎到了偏执的地步，上天赐予了他们与众不同的舌头，而他们则用这舌头去品味中意的食品。

成都作家洁尘写过一篇《何谓本能生活——以成都为例》的文章，其中最为精彩的部分就是写成都人如何吃："我们这个聚餐会上总有一些出差回来的人，嚷嚷着再不回来就要饿死了——因为外地没东西可吃。这种夸张在其他城市的人看来，愤怒且匪夷所思，但在我们听来，却持一种理所当然且安之若素的态度。被成都美食霸占过的胃，到哪里都有'曾经沧海难为水'的恓惶……在成都，文人用在吃上的词汇中，使用最为频繁的是'大汗淋漓''酣畅淋漓''通体舒泰''大快朵颐'这类大开大合的词汇。"

茶馆甲天下

在成都，茶馆是一个具有家园意义的地方，各色人等在这个随意、开放而花费低廉的地方感受时间的流逝、生活的美好。没有哪一座城市的茶馆有成都的茶馆那么热闹，没有哪一座城市的人像成都人那样对茶馆怀着深厚的感情。茶馆是每一个成都人梦中的家园，没有茶馆的成都将跟没有美食的成都一样，会变得冷清、呆板、干涩、焦灼。

成都人坐在茶馆里不仅仅为喝茶，他们借助茶馆这个舞台，干一些别的事情。我从来没有看见哪一位本土作家仔细描写过成都的茶艺，因为他们知道成都的茶馆并不是品茶的地方。人们去茶馆，不在乎它的茶好茶坏，只在乎它的环境，看是不是古色古香，是不是一整天都能晒到太阳，院中是否有老树和藤架，是不是在河边等等。相反，外地作家写成都的茶馆，写的是"茶博士"胳膊上能摆多少只碗，他们站在多远的距离用壶掺水而不溢出，尽是一些华而不实的东西。

只因茶馆里有声色、有新闻、有闹哄哄的人声，成都人便要往茶馆里去，无非是会朋友、谈生意、打麻将、看足球赛事转播、洗脚、保健之类。一落座，服务员就会给你一条热气腾腾的毛巾，洗完手脸，吃点果脯、点心，再慢慢悠悠地喝茶谈事。

成都的高档茶楼和低消费茶馆并存的事实，符合这个城市平民化的文化特征，这也正是成都人的一大优点。正如某位作家所言："成都的富人不骄横跋扈，穷人不自卑消沉。他们平等地坐在茶馆里，享受着这个城市带给他们的舒适和安逸。"

选自《读者·乡土人文版》2006.06

福州：在边缘中自得其乐

石华鹏

"佛跳墙""泡金汤"和"三坊七巷"，永远撩动着福州人的故乡情结。

福州的记忆——三坊七巷

三坊七巷是福州的城市记忆，也是福州的历史名片。

古人诗云："谁知五柳孤松客，曾住三坊七巷间。"我们不禁会问，哪些人曾经落脚于此，让三坊七巷承载了福州如此厚重的历史和文化情感？

原来，这块方圆只有44万平方米的地方竟出现了大大小小100多位光耀历史的人物，包括文人墨客、武将、工商界人士，还有革命先驱。其中有被称为"中国睁眼看世界第一人"的林则徐，主理船政、出巡台湾地区和出任两江总督的沈葆桢，提倡西学、留学英国，翻译《天演论》成为影响深远的思想家的严复，戊戌变法"六君子"之一的林旭，慷慨赴死的黄花岗英烈林觉民，照亮整个清末民初中国文坛的文学家、翻译家林纾，一身武艺为国守疆开土的甘国宝，著名女作家冰心，著名作家邓拓……

"三坊七巷"是南后街两旁从北到南依次排列的十条坊巷的简称。三坊是：衣锦坊、文儒坊、光禄坊。七巷是：杨桥巷、郎官巷、塔巷、黄巷、安民巷、宫巷、吉庇巷。由于吉庇巷、杨桥巷和光禄坊改建为马路，现在保存的实际只有二坊五巷。

西晋战乱，中原望族纷纷南迁，其中一部分来到福州，选在三坊七巷落脚。后来经过数百年几代人的经营，到了唐末，福州城已经颇具规模，三坊七巷的坊巷格局在那时初步形成。时至宋代，三坊七巷完善定型，而且一如既往成为高官显贵们的住宅区。

由于三坊七巷是达官显贵、商贾名流们的"高档住宅区"，所以，坊巷里的建筑极尽大气和奢华。宅院有一进或多进，每进都有大厅、后厅、正房、后房、左右披榭、前后天井。白墙瓦屋，曲线山墙，青石铺地，缀以亭、台、楼、阁、花草。马鞍墙和天井是福州古代民居的独特风格，此墙做住宅的外围，随着木屋架的起伏呈流线型，翘角伸出宅外，状似马鞍，一般是两侧对称，墙头和翘角皆泥塑彩绘；天井由厅、榭的敞廊围绕构成矩形空间，为宅内交通枢纽，并使宅院日照充足，空气流畅，排水便利。室内的门窗既多且大，漏花采用镂空精雕，榫接而成，丰富的图案雕饰和精巧的石刻台阶、门框、花座、柱杆等，随处可见。

中国古建筑泰斗阮仪三教授曾说，三坊七巷是全国最大的古街坊建筑，他认为三坊七巷就是一座"明清建筑博物馆"。

古老的三坊七巷与繁华的商业中心东街口只有几步之遥，但如同两个世界，它静谧地躺在高楼大厦之中，散发着古老的气息。我多次在夕阳西下的时候漫步其间，金色的余晖从马鞍墙的墙头照射下来，坊巷的每块砖瓦都透出一种陈年的生活气息，时间在一瞬间拉开了与现代生活的距离，仿佛回到了过去。几位随时间一同老去的老人在宅院里缓慢地进出，侍弄一些花花草草。他们穿着对襟的粗布衣服，嘴里的牙齿都掉光了，有一搭没一搭地说话，外面的一切似乎都与他们无关。

福州人的"鸟语"和"泡金汤"

外地人称福州话为"鸟语",一是因为难懂难学,二是因为听起来悦耳。"鸟语"嘛,叽叽喳喳,谁能弄懂,但又婉转悦耳,十分好听。福州话既没有北方话"硬",又没有南方话"软",软硬适度,舒服熨帖。

福州话难懂难学,不仅对外地人如此,就是对福州本地人也是如此。福州永泰的一个朋友对我说,在他们村,村东头的人听不懂村西头人的话。这样讲有些玄乎,却是实情,因为福州话分为南北两片,分布在福州周围所属的十多个县市里,虽然语系相同,但在流传的过程中语音发生了很大的变化,互相打哑语就不足为怪了。这也从另一个角度说明了福州人的边缘性,相互封闭,不爱交流。

福州话似天音,比外语都难懂难学,缘于福州话里保留了大量的古音古语,比如福州话至今把锅叫"鼎",把筷子叫"箸",把屋叫"厝",把站叫"企",把蛋叫"卵",把吃早饭叫"食早",把没名堂叫"没解数"……这些至今仍在流传的文气十足的古语,被语言学家称为"语言活化石",就是说福州人讲的话如同几百年上千年前的人讲的话。听福州人讲话就是听古人讲话,这是多么有意思的一件事儿。

福州话把洗澡叫"洗汤",把洗温泉叫"泡金汤",这就说到了福州的另一大特色:温泉。

福州是国内三大温泉城市之一。清代著名经学家陈寿祺为此吟咏:"非福人不能来福地,有龙脉才会有龙泉。"福州城里至今保留着与温泉有关的地名,如"温泉路""温泉支路""树汤路""玉泉路""金泉路""汤井""金汤""汤门"等,可见温泉对这座城市的影响之大。

福州的温泉资源得天独厚,数量之多、水质之佳,在我国的大中城市中是独一无二的。宋人编纂的《三山志》中，对此做了形象的描述："数十步必有一穴，或进河渠中，味甘而性和热。"到了清康熙年间，福州的温泉洗浴业更是百花齐放，开始出现了营业性的澡堂。享受温泉，开始由少数达官贵人的专利特权，进入了寻常百姓家。温泉，也开始与这座城市的生活发生了更为密切的关联。据相关资料，20世纪30年代是福州澡堂最为鼎盛的时期，开业澡堂多达53家，出现了一批装修华丽、规模宏大、服务功能齐全的澡堂，如"百合明园""乐天泉""福龙泉"等。现在，温泉浴已经成为福州的一大产业，涌现出了大批服务周到、名目繁多的温泉浴，成为名副其实的"金汤"。

福州人爱泡温泉，有些人的生活中心就是温泉池，有人一天10多个钟头都泡在温泉里，此类人俗称"汤客一族"。时至今日，"汤客"还是不少"老福州"的形象写照。正是这种独特的"泡汤文化"，造就了福州人不喜张扬、重视精致生活的性格。

吃遍天下闽菜香

清淡、海腥、酸甜是闽菜的基本风味，刚接触可能一时难以适应，慢慢地就会喜欢，到后来甚至会离不了，这是我——一个外地人在福州生活了近10年的感受。

闽菜是中国八大菜系之一，在中国烹饪文化宝库中占有重要一席。闽菜有三多：一是海鲜山珍多。福建依山傍海，北部多山，茫茫山区盛产菇、笋、银耳、莲子和石鳞、河鳗、甲鱼等山珍野味。南部面海，鱼、虾、蚌、鲟等海鲜佳品，常年不绝。二是汤多。汤鲜美、滋补，符合养身之道，福州吃宴席，先上来的是一道汤，喝碗汤既开胃又打底，然后大菜才正式登场，每桌席至少要上4道汤。汤的品种繁多，有竹蛏汤、清蛾汤、鱼唇汤、鳕鱼羹、酸辣鱼皮汤、海蛎豆腐汤、蛏干羊肚汤等等。有的白如奶汁，甜润爽口；有的汤清如水，色鲜味美；有的金黄澄透，馥郁芳香；有的汤稠色酽，味厚香浓。三是原味多。闽菜的调味力求保持原汁原味，善用糖，甜去腥膻；巧用醋，酸能爽口；味清淡，可保持原味。因此，有"甜而不腻、酸而不涩、淡而不薄"的盛名。

不能不说闽菜的头牌菜、享誉海内外的"佛跳墙"。佛跳墙这道菜相传源于清道光年间，距今有近200年历史。此菜以18种主料和12种辅料互为融合，其原料中有鸡鸭、羊肘、猪肚、蹄尖、蹄筋、火腿和鸡鸭肫，还有鱼唇、鱼翅、海参、鲍鱼、干贝和鱼高肚，也有鸽蛋、香菇、笋尖及竹蛏。30多种原料与辅料分别加工调制后，分层装进坛中。佛跳墙之煨器多年来一直选用绍兴酒坛，坛中有绍兴名酒与料调和。煨佛跳墙讲究储香保味，料装坛后先用荷叶密封坛口，然后加盖。煨佛跳墙之火用无烟的炭火，旺火烧沸后用文火煨五六个小时即成。煨成开坛，略掀开荷叶，便有酒香扑鼻。此菜汤浓色褐，却厚而不腻。食之烂而不腐，满嘴留香，余味无穷。难怪修行做功课的和尚闻到此味都会忘了自己的身份，不禁跳墙去寻呢。

闽菜，说起来都是一种享受，何况真正去尝一尝呢？在福地的福州人真是有福了。

选自《读者·乡土人文版》2008.01

高椅的似水年华

慧远

这里古意盎然，民风淳朴，淡然平静，和谐空灵，怀旧情结萦绕于心，挥之不去。

我去高椅，最大的感受只有一个字——累。虽然洪江至高椅之间的距离算不上太远，却没有直达的班车。我早晨从洪江出发，乘坐中巴车沿巫水之滨的乡村公路颠簸前行，1个多小时之后来到一个名叫"鲁冲"的小地方，这里虽然有一条公路直通高椅，但过往的班车却是少之又少。无奈，我只好一边等车，一边顺着蜿蜒曲折的公路独自前行。一个人走在湘西南的山间，我仿佛一下子被抛到了世界的角落，世上好像只剩下天地与我，颇有一种远离尘嚣的感觉。

不多时，班车终于来了。中巴车在崎岖险峻的盘山公路上艰难地爬行。忽然，我的眼前一亮，只见山下一湾碧水，一个整齐的村落赫然在目，我知道，目的地终于到了。

坐在太师椅上的村子

我来高椅之前曾经查阅过一些资料，知道高椅的得名取之于其地形。从高处远望，小小的村落三面环山，一面临水，宛若一把舒适的太师椅，"高椅"即由此得名。

我就近选在一家餐馆草草吃完午饭，然后找一农家住下，稍事休息，即出门在古村迷宫似的街道中随意行走。刚刚开始的时候，我尚有一点摸不着头绪的感觉，直到遇见一个导游并在他的介绍之下，方才渐入佳境。

导游很热情，也很健谈，和我一见如故。他带我走遍了古村所有的角落，并为我详细介绍着古村的历史沿革、风土人情和建筑文物等。从他的介绍中我得知，高椅的村民大多姓杨，是南宋诰封"威远侯"杨再思的后裔，其家族历史甚至可以追溯到东汉著名的"关西孔夫子"杨震——他们自称"关西世家""关西门第"，其渊源即在于此。像所有流落偏远地区的汉人一样，高椅的杨姓先人们之所以选择在这里定居下来，并以少数民族（侗族）的身份在这里生存、繁衍，一方面固然是为了躲避战乱，另一方面则是因为看中了高椅这块风水宝地。

事实上，古代高椅的交通状况并不像今天这样闭塞，那时这里不但有靖州通往洪江的古驿道，更重要的是，沅水的 5 条主要支流之一巫水流经此地，这无疑给高椅注入了无限生机。所以，古代的高椅不仅在文化上常常能得风气之先，在经济上也堪称远近闻名。高椅曾经出过不少豪门望族。

迷宫般的古民居

走在高椅迷宫般的巷道中，陌生人在短时间内的确很难摸清其间的来龙去脉，因为高椅古民居的整体布局乃是以梅花状排列，其中道路纵横交错，建筑风格各异，既有与湘西传统建筑相同的地方，又有中西合璧的建筑式样，显示出一种兼容并蓄的文化个性。显然，与周边的苗区侗寨相比，高椅的文化传统是自成一体的，所谓"礼失求诸野"。

山寨的相对封闭使当地人与外界保持了相当的距离，也使他们免受战乱的影响和红尘世俗的诱惑，因此，很多在中原业已失传的民俗风情，在这里均能找到一些蛛丝马迹。

高椅同时又是尊儒重教的典范，清朝时即拥有5所学堂，其中"醉月楼"本来是当地文人饮酒赋诗的场所，到了清代末年，受当时妇女解放思潮的影响，其主人主动将其改造成为一所女学馆，除了为当地培养出第一批知识女性之外，其区域性影响也远远超出了它自身的价值。如今在高椅漫步，随处都能够看到，在古民居大门横额上写有"清白家声""耕读传家"等字样。"醉月楼"建筑细节中所暗藏的"出人头地"和"步步高升"之寓意，更是让人感受到一种浓浓的儒家文化氛围。

一般高椅人家大都装饰有各种各样的壁画和墙头画，门窗上装饰着匠心独具且工艺精湛的木雕。另外，像房屋拐角处的圆形抹角，是为了方便抬轿人而设；"一甲凉亭"白天是男人们休息、聊天的场所，晚上则成为女人们唱歌、娱乐之处；而位于古村中心位置的"红鱼塘"和"黑鱼塘"，既可美化环境，又储备了必要的消防用水，且能够有效配合古村完善的下水道系统，具有一定的雨水排放功能——这些，均显示出高椅建筑人性化的一面。

被时光遗忘的角落

在高椅，时间似乎是静止的，世间的沧桑巨变好像与高椅毫不相干，时光的流逝也似乎将高椅遗忘在了历史的某个角落之中。不过据史料记载，新中国成立初期，高椅尚有300多座明清古建筑，目前保存下来的大概有1／3。

即使如此，今天的高椅仍然堪称古意盎然、民风淳朴。像我所借居的农家，主人怕我在夜间迷路，不止一次地在老街中四处打探我的行踪——这种情谊虽然说来微不足道，却让人感受到一种久违的温暖和感动。而且，传统社会"路不拾遗，夜不闭户"的治世理想，以及古人所谓"民各甘其食，美其服，安其俗，乐其业"的社会画面，也似乎真的在这个湘西南的小小侗寨中成为现实。

当然，这个世界从来不存在真正的世外桃源，高椅也同样不能例外。随着时代的变迁，年轻人的观念正在发生着微妙的变化，老一辈人对唱山歌、演傩戏的兴趣，在年轻人眼中总是不屑一顾，他们中的多数人都外出打工去了。而对于老一辈人而言，他们也并不希望自己的后代在封闭、落后的山沟中生活一辈子。所以，这个古老的村子也在缓慢地、悄悄地变化着。

选自《读者·乡土人文版》2007.05

高邮湖水乡

王文忠

湖上晨歌

夜宿高邮湖，梦在浪中浮。晨来不闻金鸡报晓，但听清波送来阵阵晨歌。

轮机的歌，推波助澜，驱散夜雾；橹的歌，呀呀咿咿，震落晨星；桨的歌，咿咿呀呀，摇弯了大运河上的残月。

粗犷的是船夫的歌，因为在烈酒里泡过，声声长啸，那火辣辣的情感，令湖水为之惊悚；柔润而婉转的是渔女的歌，因为朝暮在清波里漂洗，那娇媚那灵性那秀气，缠缠绵绵，湖柳在晨风里也失魂落魄。

有趣味的是鱼的歌，不断地在船头跃起，金鳞红鲤牵着晨曦缕缕；有色彩的是虫的歌，在荷叶丛中悠悠扬扬，唱得新红绽彩，叶添青碧。

有古典意韵的是苇莺的歌，这精灵从《诗经》里掠过，在芦荡里安了家，成双成对，过着自由自在的生活，甜甜蜜蜜地唱着，从古至今都被人们视为爱情的经典，把它阐释成"关关雎鸠"……

想去汪曾祺纪念馆，叩问这位在湖畔长大的老人，此情此景，当年可曾领略？可曾知否？

竹林人家

这里原属扬州，曾是苏东坡管辖的地方。一千年过去了，"宁可食无肉，不可居无竹"的遗风，仍在这方土地上回荡。

浪涛冲击成的平川，田畴阡陌的图画上，举目可见一堆堆、一簇簇、一丛丛浓淡疏密的绿，在视野里蔓延。

要寻村庄吗？沿着港汊河堤，走进那浓浓的绿里，偌大的竹林中，能见楼角屋檐在隐现，能闻鸡猪牛羊在欢叫。

要寻人家吗？踏着溪流水渠，走进那疏疏的绿里，一座静谧的院落，在竹影摇曳里，在竹叶婆娑里。

要寻农人吗？踩着田间小径，走进那幽深的绿里，在竹林深处，便有那轮声鞭影、锄镰银铧在闹腾。

方圆数百里的高邮湖之滨，浪嬉翠竹，水映竹影，托着一个清清秀秀、浓浓淡淡的竹乡。

竹阴之下，摆桌置凳，农家待客，酒亦爽，茶亦爽，扬州土话尤爽。

竹林之巷，铺张竹席，午后歇晌，风舒畅，气舒畅，舒筋活络人最畅。

竹叶疏处，三五围坐，聊天纳凉，月也凉，影也凉，心更清凉。

竹是湖滨人的伙伴、湖滨人的知音、湖滨人的希望。无论是春雨潇潇，还是风雪茫茫，平川上总会有声声竹笛在悠扬。

难怪他们喜用竹编制丰收的箩，喜用竹编制捕鱼的罶，喜把竹扁担挑在肩上，喜用竹织帘、竹做窗。

湖滨人与竹祖祖辈辈相依相伴，情有多深？意有多长？即使苏东坡转来，恐怕也说不清。

湖滨的树

水乡儿女爱水，但更爱树。

洪水肆虐时，一棵树就是一个挡浪的汉子。

大浪漫屋时，一棵树就是一个求生的处所。

寒冬到来时，一棵树就是一缕生机、一片希望、一蓬鲜活。

前辈人栽的树，在大堤基部，在滩涂上，迎着风尖，立在浪口。

那些树有的老了，但精神是感人的。它们半依大堤，半在水中，树已凋，叶多落，虽然若气息奄奄的残烛，却依然筋骨如初，英气不减当年，风来不弯腰，浪来不退步。

那些树有的残了，但意志是坚定的。

弯来扭去盘龙似的根，紧紧抓着湖中的泥土，抵挡着洪潮，搏击着雪火，好像身负重伤的战士，仍在烽火硝烟中，守卫着足下的一方热土……

这是一种昭示，一种呼唤，也是一种鼓舞。

于是，水渠两旁造起绿色长廊，辽阔田野织起农田林网，座座村庄成了花草的世界，簇拥着高邮湖大堤，那密密匝匝、排排行行柔韧的柳树，不怕淹的水杉、腰杆挺直的杨树……

选自《读者·乡土人文版》2001.09

姑苏纪事

美彤

具有秀丽的山水、古老的城垣、深邃的小巷和精致园林的苏州，虽经岁月的历练却仍风情万种，并向世人夸示着自己的悠久历史。

苏州——最是红尘中一二等富贵风流之地。

苏州，这个得天独厚的城市，秀丽的山水、古老的城垣、深邃的小巷、精致的园林，虽历经2500多年的岁月仍风情万种，细腻优雅地向世人夸示着自己的悠久历史。

说起姑苏，总是能触动内心最温暖柔软的一处，好似一张恬淡隽永的水墨山水画，烟雨氤氲着立时就要凸显出浓墨重彩的粉墙黛瓦、活泼灵动的小桥流水、参差逼仄的古老街市……倘若再和着清雅的诗词曲赋或迂缓婉转的昆曲，便是人间绝妙。怪不得郁达夫生发感慨："即便守着夕阳的晼晚西沉，也都是尘俗都消的一种活法。"

你到过人间天堂苏州吗？且允许我为你介绍天堂里的"衣""食""住""行"。

衣：曾有满城绮罗时，衣被天下孰不知？

如何将极细的一根根晶莹圆润的丝线编织成那样绚烂美丽或古朴典雅的丝绸？我从心底里佩服匠人们巧夺天工的技艺。抚摸着如水如油的绸面，我不禁想起了小时候听说过的民间传说：一个勤劳美丽的女孩子用她的心和血织了一匹锦缎，那锦缎滴上了她眼睛里的血以后慢慢扩展扩展……锦缎上的牛羊群、青草地、清泉水、绿树林都变成了真的！村里常年受苦挨饿的人们因此过上了好日子。传说这便是"云锦"的由来。但凡来过苏州的人，谁能对那精美柔滑的丝绸不动心？怪不得宋氏三姐妹喜欢旗袍，和其他的面料相比，丝绸的确是真正的"女人"！

苏州是"丝绸之路"的源头之一。据说在 4700 年前，太湖人已经能养蚕取丝织纤。春秋战国已有"吴地贵缟""争桑之战"的记载。至唐、宋时期，苏州已是中国丝绸生产的中心和主要的丝绸贡品产地之一。宋、元、明、清时期，苏州还设立了应奉局、织造局、织造府等机构，专管丝绸织造。那时苏州不仅家家养蚕，户户刺绣，而且"东北半城，万户机声"，"经纬机杼之声通宵彻夜"。想象一下"日出万绸，衣被天下"的情景吧！想不出也不要紧，移步到苏州丝绸博物馆参观"明清一条街"，你就能体会到当时的苏州绸缎刺绣是如何的繁盛了！

只要漫步到位于古城中心的观前街中段，你就可以到一家名叫"乾泰祥"的百年绸布老店挑选自己喜欢的丝绸，给自己买不过瘾，大抵还要多买些送给亲朋好友。无论在苏州的观前街、十全街、石路商业区，还是枫桥大街，到处都可以看到卖丝绸或真丝服装的店铺。所以，苏州不仅是出美女的地方，更是美女们的购物天堂！

食：船点苏糕苏帮菜，不辞长做苏州人

我是凡人，更是俗人，只知道在这里可以流连那山塘河里的花船画舫，可以品尝到传统手工制作的万福兴肥润香软的苏式糕团，可以站在观前街上回忆当时"状元官宦触处是，举目皆为骚人客"的繁盛景象，也可

以就着小吴轩的清茶细品松鹤楼的卤鸭面……如此风流富贵之地，不缺文人墨客歌咏颂吟，故我等凡俗之人只顾大肆吃喝玩乐，并无一点暴殄天物的羞愧之心。

苏州自古就是鱼米之乡，物产丰饶，苏式菜肴、糕点、糖果、卤菜、蜜饯、糕团、名茶、炒货、特色调味品、特色酱菜等10个大类1000多个品种，故有"吃在苏州"的说法。虽然我是北方人，却也被酸甜可口的梅子、香甜酥软的苏式细点、美味的卤干、爽甜的小菜等调换了胃口。苏州女孩又甜又糯，苏州人的吴侬软语就是由于这个原因而产生的吧。

苏州菜为中国八大菜系之一，也叫"苏帮菜""京苏大菜"。苏州菜属于"南甜"风味，选料严谨，制作精细，烹调技艺以炖、焖、煨著称。其中的松鼠鳜鱼、碧螺虾仁、鱼巴肺汤、樱桃肉会让你吃得想把舌头都吞下去。不想吃大餐，也随你。那么就来一碗味美可口的卤鸭面吧或是就着油汪汪的响油鳝糊吃一碗爽口又不腻的枫镇白汤面，若没吃撑，千万要再来一碗鱼头炖豆腐，也能体会乾隆御赐的"皇饭儿"……

苏州盛产稻和麦，用米粉和面制作糕饼是苏州饮食的一大特色。苏州人食用糕点十分讲究时令和新鲜，这与苏州的传统饮食习俗关系密切。农历正月酒酿饼、二月雪饼、三月闵饼、四月绿豆糕、五月薄荷糕、六月大方糕、七月巧酥、八月月饼……我惊叹苏州人竟是日日活在"甜蜜"中！婴儿出生或初次剃头，亲友送诞生礼都要带上云片糕，象征祥云片片；还有如意糕，象征吉祥如意；大蜜糕，象征甜甜蜜蜜。又如生日祝寿，亲友就要送寿糕、寿桃。婚宴喜庆，就要送枣泥拉糕、八宝莲子羹或山楂甜糕，甚至迁居、造屋、办丧事，也要讨口彩，送糕团点心。

为了体会"雨夜泛舟品新茶"的情趣，我与同伴专门花了一晚品新茶。几杯龙井之后，我们便被橱窗里五色斑斓的苏州船点吸引住了：金黄的外皮裹着红红的豆沙和黄油炸了，咬一口咸甜浓香；红白相间的枣泥拉糕呈梅花形，枣香酸甜酥软；那叫作玫瑰猪油大方糕的，是用白糖与猪油再加入鲜艳的玫瑰花做成的，香而且甜。还有定胜糕、酒酿饼、松子枣泥麻饼、八珍糕、绿豆糕、芝麻酥糖、苏式月饼、雨花汤圆、莲子血糯饺等。目光转至旁边的沙地，上面爬满了无数金黄色的小螃蟹。那样小的蟹也爪牙俱全，栩栩如生，居然是用面做成！我们围着点心拼命拍照，竟不忍吃它们。

住：君到水乡泽国见，户户人家尽枕河

苏州地处太湖之滨，城外湖泊星罗，城内水网密布，这里水多、船多、桥也多。午后，在江南纵横交错、密如蛛网的水道里乘小小乌篷船缓缓而行，身上洒满静谧温暖的阳光。在这幅经典的水乡风景画中，时间和空间永远不存在，多看一眼就要掉入几千年的历史里面去，就要埋到浓厚的吴地文化里面去。

水道曲折蜿蜒，一会儿就见一座桥，没反应过来又是一座桥。据宋朝《平江图》记载，苏州有桥359座，现尚存293座。桥多桥名也多，有以货物命名的，如醋坊桥、枣市桥、鸭蛋桥；有以建筑命名的，如砖桥、门桥、城桥；有以自然景象命名的，如星桥、虹桥、火云桥；还有以花草动物命名的，如桃花桥、凤凰桥、百狮子桥等。

苏州最有名的桥是枫桥，若是半夜来，也当有"月落乌啼霜满天"的景致，只是旅途愉快，江枫渔火，无愁而眠。桥头有一城堡曰"铁岭关"，是明代的遗迹。每逢夕阳西照，登桥远眺，灵岩、天平诸峰尽收眼底，重重叠叠，气象万千；更有那寒山寺的阵阵钟声，令人陶醉。

苏州现存最古的桥是塔影桥，建于宋代。最长的桥是宝带桥，桥长

400多米，上有53个环洞，似长虹卧波，气势雄伟。最小的桥数网师园内的引静小石桥，桥长仅240厘米，只能容纳一人通过。最大的环洞桥叫"吴门桥"，桥头是苏州保留最完整的古城堡——盘门水陆城门。最有口彩的桥当属太平、吉利、长庆3座桥，很多游船都要绕这3座桥划一圈。

水乡中的船行得缓慢而悠然，一不留神就会发现在两水道的交会处突然冒出一个茶馆。茶馆有着旧式的上挑的窗子，人坐在里面，淡淡的腥味从窗外飘来，整个人一下子好像要化了一样。不经意间已经夕阳西下，要一份新鲜的春笋，烫一壶黄酒，临河坐看水色夕照，看河里的红灯倒影重叠成数不清的碎片，或微醉，或酩酊，尽随你意。你甚至不会觉得身边缺少一个知己，这样的天与地，人还有什么寂寞可言呢？！

若是下了雨更妙。空气和墙壁都是湿漉漉的，巷子弯弯曲曲，灯光昏暗或者没有灯。在这样的巷子里漫无目的地独行，虽无落花，却有微雨。这里的日子似乎每一刻都氤氲着水汽，而当地的人们却极有耐心地将每一天从容地度过，衣服几天晒不干，就再多晒几天嘛。苏州人没有火气，男孩子有着南方男人典型的温文尔雅，女孩子则愈加的温柔恬静。在这样的温柔水乡，人们的言语自然是吴侬软语，吵起架来也像唱歌。

说到住就不能不提苏州的园林。苏州雕栏玉砌、儒雅清秀的园林，玲珑百态，精致婉约。进入狮子林，唯一的感觉是——静。进门便是一道曲折的长廊，前行数步便是假山。假山远比北方的小巧，走在山洞间要低着头，路也狭窄许多。听说第一次走这个假山的人很容易迷路，果然，走出假山的时候明明记得来时的路，却不知不觉绕起了圈子。最后选定一条本以为不通的小路，不料却顺顺当当地走出来了。

游览苏州园林切忌心浮气躁，如果时间不够宁肯只逛一个园子，慢慢体会苏州园林的精妙之处。或倚坐在长廊上，或回转于假山中，或穿行于葱郁的竹林间，小山起伏，满目叠嶂，扑朔迷离。真是"人道我居城市里，我疑身在万山中"。

行：踱步小巷逶迤行，水乡寻梦到姑苏

苏州城小，小得你只需要撑一把油纸伞、携一张地图、迈开两条腿，就可以走遍全城。当然你还可以坐这里既便宜又方便的人力车或是花钱租一辆自行车。

苏州人的生活节奏并不快，苏州人的一生就泡在散淡、精致的氛围中，像陆稿荐的酱汁肉，糯而甜。在苏州，有很多美食店，每天早起的第一件事，就是赶去"朱鸿兴"吃"头汤面"；店面不大，人也不多，叫一碗蟹面，然后坐着慢慢品。这时可以跟服务员讨论一下要不要"免青"（即不要葱、蒜、香菜之类的作料）。

吃罢早饭后，你可以独自撑伞漫步水乡小桥或者去盘门。盘门有中国仅存的水长城，还可以领略江南民居的特色：那碧绿的大块水田中，伫立着一座座童话小屋般青瓦白墙的尖顶民宅。江南民居不论建筑规模大小，都体现出一个与北方民居的明显区别，那就是雕刻装饰极为繁多，却极少彩画，墙用白瓦青灰，木料则为棕黑色或棕红色等。与北方的绚丽色彩相比，显得十分淡雅。江南民居善于利用多变的地形，使流水在房屋之间徜徉。

水路、街巷呈不规则的网状穿梭于民居之中，与之相映成趣。绝大部分民居出门见水，几乎每家门外都有一个小小的埠头。主妇每日洗衣、洗菜、淘米等都在这里，来往的小船也可在这里停泊。和水路相比，街巷显得十分狭小，有的仅容一人一牛并走。高高的垣墙夹着曲折的街巷，形成了曲径通幽的意境。

　　下午可以去逛逛十全街，这里是驰名中外的餐饮工艺特色街。举步十全街，一眼望去，但见明清风格的新楼屋宇错落有致、粉墙黛瓦，屋后一家家餐馆、工艺店接踵而开，各具特色：有专用鱼头煨汤的餐馆、集吴文化与餐饮于一体的茶酒楼、汇聚东西南北风味的山城火锅，也有日本料理、韩国料理、烧烤及广东、淮扬的佳肴等，菜系流派齐全；十全街上的工艺店是各展其长，有专卖苏绣艺术品、陶瓷古董、字画等的商铺，紫砂、陶器、丝绸、书画、金石、碧玉、红木小件等，在这里应有尽有。到了十全街，可以先去寻访古典园林网师园，再细细地淘出你喜欢的工艺品。

　　到了晚上，便可坐上三轮车到苏州最有名的步行街——观前街。观前街因其地处玄妙观前而得名，迄今已有150多年的历史。宽敞的步行街，高大而整齐的店铺，迎面就是专门卖肉食的老字号"陆稿荐"；往里面走，依次是"采芝斋""稻香村""黄天源糕团店""得月楼""松鹤楼""王四酒家""五芳斋""朱鸿兴""绿杨馄饨"等老字号。这些老字号店铺，可以分成两类：一类是"朱鸿兴""五芳斋""绿杨馄饨""豫园小吃"等这种以面食为主的，招牌是小笼包和面，价格相当便宜。比如最贵的蟹面才18元，小笼包5元以下，称得上物美价廉；另一类是"得月楼""松鹤楼""王四酒家"等著名的酒楼，经营各种苏帮名菜，如松鼠鳜鱼、叫化鸡、樱桃肉、苏州船点等，价格并不便宜。苏州"采芝斋"店里主要是各种包装精美的成品，如苏式的枣泥麻饼和松子糖、鲜甜可口的津津牌豆腐干，还有虾子鲞鱼，风味独特，可用来下酒、佐粥。

　　此外，你还可以到"黄天源糕团店"吃糕，到"五芳斋"吃鲜肉粽子，到"叶受和"买些糕点茶食带回去，再从观东的酷坊桥走入观前的第一家门面——苏州百年老店"陆稿荐"，品尝名扬姑苏的"酱汁肉"和"秘制酱鸭"。倘若天色不晚，你还可能偶尔碰到挑担卖杨梅的苏州姑娘，戴着圆圆的斗笠，挑着饱满结实的杨梅，用软软的方言轻声吆喝生意。

离开苏州已经两个月了，它那楚楚动人的风情仍时常回到我的梦中。我的脑海中至今仍保留着早晨离别的情景：薄薄的雨雾中，总有一些瘦小妇人挽着小藤篮，卖着含苞待放的玉兰花。她们总是盘扣上衫，梳着发髻，散发出浓浓的风情。她们总是将两朵细长的白玉兰或紫玉兰从花萼部用铁丝穿起，结成一朵胸花。很多苏州的女子买下一对插在头上，或别在衣襟上，清香淡雅的味道便会整日围绕周身，使人平添几分妩媚。离开苏州的日子里，我怎么也忘不掉那股香气和那片湿润。

何时有缘，再回姑苏！

选自《读者·乡土人文版》2006.08

谷城老街：古老的埠口与如梦的繁华

小姜

听汉江无声流淌，经老街岁月更替。荡去烟尘和浮华，遂成天地之绝响。

在汉江中游的西南岸，在清浅透明的南河边上，坐落着一个精致优美的小城。走进小城，几条被岁月打磨得溜光水滑的青石板路，弯弯曲曲如纤细柔韧的藤蔓，牵系着一栋又一栋飞檐翘壁式的明清建筑群落，那木门、白墙和黛瓦，仿佛在向人们诉说着它的悠久与沧桑。临街已经有些腐朽掉漆的黑色木板墙壁，向人们昭示着它曾经的喧闹与繁华。这就是闻名遐迩的鄂西北谷城县城关镇老街的明清建筑群。

如果时光能够回转倒流，我们可以看到这座始建于元末明初的码头的兴旺与繁华。中码头，顾名思义，就是中间的渡口。古往今来，一座城市的形成，历来与水息息相关，丰沛发达的水系，既满足了南来北往交通的便利，又满足了城镇人口的日常生活所需，同时也是城镇安全防守的天然屏障。中码头所在的位置，完全符合建设一座小城的必要条件：以长江第一大支流汉江为分野的谷城，西边是逶迤莽莽的秦巴山脉，东边是一望无际的江汉平原。如果把连绵的群山比作巍峨的城墙，那么滔滔的汉江就像一条巨大的护城河。汉江在小城走过蜿蜒的 120 公里之后，把鄂西北的山地与江汉平原连成一片。而县城以北的北河（古称"筑水"）

和县城以南的南河（古称"粉水"），分别从县城两边注入汉江，形成了"三水绕城"的半岛风光，是历史上的"南船北马"的交汇之地。据史料记载，早在明朝初年，谷城已成为商贸重镇，商贾云集，物流通达，全境形成了一城八镇和十五个码头的商业网络。有古诗《过谷城》云："布帆秋饱筑阳风，古渡旌旗蔽日红。莫道袁曹争当处，今来壤畔有田翁。"在这座小城的南面，就是旧时最为繁华的商埠——中码头。当地人将临南河的渡口称为"上码头"，将临汉江的渡口称为"下码头"，上下码头之间则称为"中码头"。经中码头街到汉江边，仅有1500米的距离，汉水又是汉江之要津，上可达陕南、川北，下可至江汉平原，沿江而下可至出海口。老街当时的繁荣正得益于这一地理优势，形成了三神殿巷、老街、五福街、五发街、米粮街、新街、河街等七条主要街道。

这里沿街的木楼一般为两层楼房，每层木楼都有一道宽宽的屋檐，是为了用于下雨天商家做生意或是方便路人避雨。第二层过去主要用于储存货物或外来客商临时住宿，所以比第一层要矮。整个老街上的建筑多以黑色基调为主，有人说："因为黑色主水，而那时的建筑大多为木质结构，以水压火，以保护木楼的安全。"老街的总体布局显然不是自然村落式的，它根据地理特点，随弯就势，由纵横交错的小道和相对整齐的建筑物，构成一个具有整体感的建筑群。其中大多是三进、四进或五进的弄堂。从一个门进去，是一条长长的弄堂，弄堂两边一般都是对应布局的房间，少则6间，多为8间或10间。弄堂中央一般都有天井。这种弄堂的格局类似我在西递与宏村看到的民居建筑布局，却没有西递与宏村民居建筑的开阔与亮堂。这显然是过去大户人家的经济实力差异在建筑风格上的具体表现。当年，南来北往的客商和货物，都要通过中码头转往各地。中码头便在日起日落间吞吐着货物，兴旺着一个小镇，方便着天南地北的客商和行人。从现在依稀存在的旧时景象可以想象当年的繁华：满河船桅，贩夫走卒，熙熙攘攘。小船划向大船，大船靠向码头。沿河的街上，有卖油条豆浆的、卖茶叶卤蛋的、卖日用百货的，还有耍把式卖艺的，从老街一直摆到渡口，吆喝声和叫卖声此起彼伏。光腚戏水的半大孩子手扒船帮，露出半截身子踩水；钻出船舱的船家女人，眺望着街上成衣铺的花衣裳；一个个行色匆匆的客人，急急地上船或是登岸；一行行壮实的脚夫，弯腰弓背，挥汗如雨，把货物背出或是背进船舱……江南各地的日用百货、川陕等地的土特产品，仿佛又在船老大和经纪人的吆喝声中成交。

随着时代的变迁，陆路和航空等交通运输业的发达，人们过去主要依赖的航运事业日渐衰微，渡口的衰落也就不可避免，当它失去了交通枢纽的优势后，城市的商业、政治和文化中心也开始转移，喧嚣了几百年的渡口开始门前冷落车马稀，一天天地显出了它的衰败相。

晚上散步的时候，我常常喜欢徜徉在这些明清建筑群的小巷中，有时还进到人家的庭院里，细细地端详和抚摸这些白墙黛瓦，从窄小的天井口里仰望星空，一种久远的气息便扑面而来，激活了我一些逝去的记忆。幽深的小巷中，三三两两的老人坐在木椅上，在门前摇着蒲扇聊天，谈论着各自年轻时候的故事，或是回想起他们曾经辉煌的祖先。老式的理发店里，笨重粗大的木椅静静地立在那儿，戴着老花镜的理发师傅，正寂寞地等待着客人的光临。一个懒懒的汉子，斜靠在自家的小木桌上，就着一碟水煮花生，一碟卤猪头肉，一边津津有味地喝着黄酒，一边看着电视。一条黄狗卧在门槛旁，慵懒地打着哈欠，看了我一眼，又懒懒地扭头睡去。昏黄的路灯下，几个小孩子欢快地跳皮筋、唱儿歌、玩弹子、捉迷藏，无忧无虑。

　　我一面在这寂静的小巷中漫步游走，一面想象感悟着这里曾经发生的人和事，想象着那逝去的市井繁华，想象那曾经生活在这里的人们的百样人生，想象他们人生中的忧喜交织、哭笑交错和沉默欢歌、荣辱浮沉。月华如水，低头沉思，一首小诗猛然跃上心头："我是人间惆怅客，知君何事泪纵横？断肠声里忆平生。"（纳兰性德《浣溪沙》）禁不住在心底轻叹：人生百年，亦如流水，悲欢荣辱，也只是过眼烟云。时间这条河流，漫长的是眼下，过去的只是瞬间，一切的悲喜在时间的眼里，都是如此轻盈而不堪一击！

　　常常感叹于文人的气质和魅力，竟能把一个世界的生僻角落，变成人人心中的故乡。而我面对这座生长于斯的百年小城，眼看着它一天天不可避免地老去坍塌，被现代文明逐渐吞噬，却无力用稚嫩的笔为它和后人留下一些记忆，惟有一声声无奈的叹息……

选自《读者·乡土人文版》2008.03

哈尔滨的俄罗斯印记

姚兰

100 多年前，东北中东铁路的修建让哈尔滨与俄罗斯结下了不解之缘：在俄罗斯移民达到高峰期的 1922 年，哈尔滨居住着 15.5 万俄罗斯人，而当时哈尔滨的人口总数不到 30 万人；哈尔滨平均每 250 平方米的建筑面积中就有 1 平方米是俄式建筑；哈尔滨是中国距离俄罗斯最近的省会城市，直线距离不足 400 公里。俄罗斯在哈尔滨留下的不仅有许多特色建筑，更留下了俄罗斯人那豪放的性格和浓郁而热烈的俄罗斯风情。

香坊小镇

哈尔滨香坊区离市中心大概有 20 公里，是一个不起眼的小镇。

1897 年，中东铁路工程开工，大批不同国籍的工程人员进入东北地区，包括俄罗斯人、法国人和瑞士人等，其中俄罗斯人最多，约有两万人。俄罗斯人在建造铁路的同时还酿酒，香坊小镇由此形成。小镇至今留存着 200 多处俄式建筑，俄罗斯风俗在小镇的日常生活中更是随处可见：女孩穿的带花边的连衣裙叫"布拉吉"，老人管缝纫机叫"马渗"，小而尖的面包叫"塞克"，大而圆的面包是"列巴"；人们平时喜欢吃面包时抹黄油，喜欢吃西红柿和洋葱蘸盐，喜欢吃大马哈鱼子酱和酸黄瓜，喜欢喝一种用苏伯叶做的"苏伯汤"；男人戴皮帽子、蹬马靴，女人的"萨拉范"长裙一年四季穿。

随着时代的发展，哈尔滨市民的着装风格与审美趣味也开始具有了俄式服饰的某些特点。从男士的呢子大衣、船形毛皮帽及高腰靴子和男式小立领的衬衫，到女士夏季五彩缤纷的连衣裙和秋冬季节的大围脖与大披肩，包括头巾的系法与前额盘卷的发型，都能见到俄罗斯服饰文化的影子。

20世纪初，一些俄罗斯人和中国人开始通婚。现在，香坊小镇上到处可以看见身材高大、轮廓分明的混血儿。当地人过着原汁原味的俄式生活却浑然不觉，倒是外地游客被这里扑面而来的异国风情所吸引，他们跳上滑雪场里的马拉雪橇，欣赏一排排俄式"木楞克"房子，玩累了吃"列巴"泡红菜汤，就啤酒加红肠，感觉特别"哈拉少"（俄语"好"的意思）。

中央大街

位于道里区中心地段、长不过1.5公里的中央大街是哈尔滨最繁华的商业区，始建于1898年，最初被称为"中国大街"。街道原来是泥沙路面，1924年俄罗斯工程师主持重修此街，用花岗岩青石竖着铺地，露出地面的部分仿佛俄罗斯小面包。据说每块花岗岩青石的造价都在1美元以上，所以，哈尔滨人称中央大街是"用金子铺成的大街"。

中央大街上最引人注目的是"华梅西餐厅"。华梅西餐厅是哈尔滨名气最大的俄式西餐厅，与北京的"马克西姆西餐厅"、上海的"红房子西菜馆"、天津的"起士林大饭店"并称"中国四大西餐厅"。华梅西餐厅建于1925年，创始人是个名叫楚尔基曼的俄国犹太人。餐厅最早建在道里区西八道街，主要经营俄式西餐和茶食小吃。后来迁到中央大街112号，改名为"华梅西餐厅",以经营俄式大菜为主。

圣·索菲亚教堂

随着中东铁路的修建和俄国人的大量涌入,东正教在哈尔滨慢慢兴起。哈尔滨曾经有 30 多座教堂,其中大部分是东正教堂。如今,哈尔滨有各种教堂 17 座,其中最著名的就是圣·索菲亚教堂。

圣·索菲亚教堂是远东地区最大的东正教堂,原先是沙俄东西伯利亚第 4 步兵师的随军教堂,1907 年由俄国茶商伊·费·赤斯嘉科夫出资,在随军教堂的基础上重新修建了一座全木结构教堂。1923 年,为了适应哈尔滨东正教徒数量的急剧增加,又开始重新修建此教堂,前后历时 9 年,于 1932 年竣工。

圣·索菲亚教堂是典型的拜占庭式建筑,主体为朱红色的砖石结构,屋顶是俄罗斯式的穹顶,暗绿色,被哈尔滨人称为"洋葱头"。那时候,每当教堂的钟声响起,所有正在工作的俄罗斯人都会停下手里的工作做祷告,中国人则用教堂的钟声对时间。教堂的钟声是 20 世纪前半叶哈尔滨人生活中不可缺少的一部分,后来教堂渐渐被周围的民居包围。新中国成立后,政府将教堂周围的民居搬迁,建成了广场,教堂又重新展现在人们面前。圣·索菲亚教堂过去是宗教建筑,而现在它更多的价值是为哈尔滨这座城市打上了自己独特的城市烙印。

兆麟电影院

哈尔滨著名的巴拉斯电影院是 1925 年由俄国人创办的,位于道里区西七道街 55 号,现在改名为"兆麟电影院",但许多哈尔滨老人还是习惯地叫它"巴拉斯电影院"。

1988 年，兆麟电影院进行了全面改造，这幢古老的欧式建筑在保持其原有风格的基础上焕然一新。虽然来这里看电影的人换了一茬又一茬，但是俄罗斯电影文化的影响同老电影院一样，没有因岁月流逝而在哈尔滨人的心目中消失。

哈尔滨啤酒

20 世纪初，哈尔滨的街名都用俄文标示：霍尔瓦特大街（现红军街）、鲍罗金街（现巴陵街）、戈列鲍夫斯基街（现宣文街）、涅科拉索夫街（现河清街）、罗蒙诺索夫街（现河曲街）、谢甫琴科街（现河鼓街）……很多哈尔滨人都是从这些街名开始了解俄罗斯科学家、作家和诗人的。

当时，这里不但有哈尔滨啤酒，还有俄罗斯出产的正宗伏特加。1900 年，俄国王子在哈尔滨建立的乌卢布列夫斯基啤酒厂是中国最早的啤酒厂。哈尔滨啤酒同哈尔滨的历史一样悠久。

马迭尔宾馆

100 多年前，俄罗斯犹太人约瑟·开斯普来到哈尔滨，他先开了一个修理钟表的小店，后来又经营银器和珠宝，获利丰厚。当时，道里区的中央大街刚刚形成，没有像样的建筑。约瑟·开斯普以犹太人的精明和眼光，预料日后哈尔滨会成为远东最大的国际都市，宾馆业极有发展前途。于是，他多方筹集资金，聘请一流的建筑设计师，选购欧美各国的上等建筑材料，于 1906 年建成了当时哈尔滨最豪华的马迭尔宾馆。"马迭尔"是俄文"摩登、时髦"的意思，约瑟·开斯普说："马迭尔一定会时髦 100 年！"

100 多年过去了，马迭尔宾馆的风韵依然不减当年。马迭尔宾馆是 3

层砖混结构的文艺复兴式建筑，建筑面积 8.5 万平方米，造型简单，结构自然流畅。宾馆内部装饰富丽堂皇、典雅、细腻，颇有 18 世纪法兰西贵族风范。宾馆内设有客房、餐厅、舞厅和电影院，是当时达官贵族等显赫人物经常活动的场所。美国记者埃得加·斯诺、郭沫若、宋庆龄等众多历史名人都曾在这里住过。马迭尔宾馆为三星级宾馆，但标准间价格为一天 550 元，总统套房价格为一天 2680 元。能标如此高价，当然是因为马迭尔宾馆的历史文化内涵及其艺术价值。

选自《读者·乡土人文版》2007.01

海边的石头城

曹伟

　　浙江省东部的海边，有一个不大不小的渔村——石塘。这里虽然不能与该省"浓妆淡抹总相宜"的西湖和小桥流水人家的绍兴相媲美，但其建筑也颇具特色。层层叠叠的石屋建在海边的山崖上，既古朴又端庄。许多人知道法国巴黎圣母院是画家们的必去之处，却不知石塘村对于中国的画家们来说也并不陌生。

　　我慕名来到石塘，所看到的这个村子，现在实际上已发展成了一个不小的镇子。爬上临海的山顶，眼前是峭壁悬崖，海风卷着白浪奋力拍打着黑色的崖面。回首望时，全镇的景物尽收眼底：从一条狭长的谷地中央，密密麻麻的石屋向两边山脊呈放射状展开。在曲折盘旋的街道上，抬着渔网的渔民、挑着担的商贩以及集市上抱着孩子讨价还价的妇女，熙熙攘攘。虽然不闻其声，但我可以感受到，那儿的确是热闹非凡。

　　不过，石塘最能吸引人的恐怕还是它的建筑。这里地面狭窄，几乎没有可供拓展的平地，所以房屋只得依山而建。石塘人过去虽然很贫困，但从一百多年前起他们就已经住上了在外地人看来颇为奢侈的楼房。为什么呢？他们回答说："地少啊！"

　　这里的建筑另一个引人注目的特色是用石头建房。石塘既无土也无窑，有的只是满山遍野的石头，但石头结实坚硬，将它们一块块凿下来，砌成房屋。从远处望去，那些房屋真有点像欧洲中世纪时期风吹不倒、雷打不动的城堡。一块块石头点缀在瓦上，像一幅幅抽象派的油画，沉稳而神秘，煞是好看。聪明的人不用问，也会知道它的妙用吧！

如果在石塘镇上走一走，你会发现这里的建筑已经是"四世同堂"了。最老的石屋两面是石头，另外两面用木板封墙。石墙变化不大，只是潮湿霉黑的木板墙很明显地留下了岁月风雨侵蚀的痕迹。第二代房屋四面都已是石墙了，但窗子似乎开得稍小了一些。到了孙子辈的房屋就有些改头换面、推陈出新的意思了，其楼已从传统的两层上升到三层或四层，颇像拔地而起的碉堡。砌墙的材料已掺入了砖头，窗子也开得比以前大了，有的甚至安上了时髦的铝合金拉门，有着一种别样的豪华与气派。当然，村里最富、最摩登的人家，已不用石头这一传统的建材盖房，他们从远处拉来了一车车砖头和预制板，建起了一座座高耸入云、代表着富有与现代的高楼。

楼层有多有少，楼房有高有低，样式就更不可能雷同，但石塘人的生活格局还是在楼内保存了下来。在石塘，很少有供人种花养草的庭院。对他们来说，房屋的一层是会客、玩耍、做饭、吃饭的最佳场所；二层以上是寝室，是不轻易让外人进去的，他们一般也只有在睡觉时才上楼。一层与二层之间，有个木板楼梯，谁要上这楼梯都必须脱鞋子。楼梯之陡，是我极少遇见的，我被女主人邀请，颤颤巍巍地上楼参观，看到她的四岁小女都能上下攀爬自如，真令我这个成年人自愧不如。

说起他们的生活，石塘人颇为自豪。渔民们大都可以不夸口地对我说，他出一次海的收入顶我一年的工资。的确，这些年渔民富多了，单从建房的变化就能看得出来。

石塘作为一个渔村，其历史说长不长，说短不短，据传元代便有人在此开始撒网捕鱼了。到了明代，人丁似乎并不怎么兴旺，只是到了清朝之后，这里才涌现了大批从邻省福建来的渔民。自然，那山崖上的石屋也渐渐地多了起来，同时，一些与闽西极为相似的习俗，如戴头花和祭妈祖，也就在这一带流传开来了。传统上这里的已婚妇女都梳着极为标致的发髻，并喜欢插上不同颜色的小花。在她们看来，头发与眼睛一样都是心灵的一面镜子，人的性格以及喜怒哀乐，都可以从中反映出来。发髻一尘不染，发色乌黑，再加上一朵红艳艳的小花，它除了能给你一种美感之外，还展示了这位妇女的干练及其生活的美满。自然，生活总是不尽完美的，当一位穿着朴素的妇女头戴黄花或白花时，熟悉当地风俗的人就不免产生一种"红颜薄命"的同情感——她是一位孀妇。不过随着这几年经济的发展以及与外界联系的增多，石塘的少妇们似乎也开始把这种装饰淡忘了。

妈祖是我国福建沿海渔民祭祀的一位女海神。在石塘，你问任何一个人，他都能随口告诉你一段妈祖的故事。相传古时有一位美丽的渔家少女——妈祖，一次她父兄出海捕鱼了，夜里她梦见自己变成一只飞鸟，口中衔着落水的父亲，爪子抓着兄弟，然而不幸的是雷声把她从梦中惊醒，梦醒后，父兄真的再也没有回来。从此，她怀着悲恸与懊悔的心情，为每个出海的渔民祈祷。我来到石塘时正遇上过"妈祖节"，镇里的渔民们处在一片狂欢的气氛中。听人说，每逢"妈祖节"都要演戏助兴。走在曲折的街道上，阵阵海风送来了锣鼓的声音。凭声音判断，戏台离这儿并不远，但我在那层层石屋之间转来转去，像走进了迷宫一般，半天也不见戏台的踪影。幸好遇到一位正准备去看戏的渔民，我跟着他才找到了戏台。

戏台是临时搭起来的，几个脚手架、几块木板，再加上一大块幕布，就构成了这里的热闹场所。看戏的渔民密密麻麻地拥挤在戏台周围，前排除了几个老人坐在凳子上外，其他人都随着陡斜的地势一直站到山脊上，宛如一个天然的大剧场。

台上是从外地请来的戏班子，演艺水平虽然不高，但在渔民们看来，艺术性并不是主要的，关键是它能否给人带来热闹的节日气氛，但最后演出的效果也不错。这些在海上经历过生死搏斗的渔民回家后，就坐在戏台前，尽情地享受为祭祀他们的"保护神"妈祖所献上的这一份热闹。

此时，在另一边，妈祖庙内已摆满了各种各样的点心以及全猪全羊。渔民们在庙厅前的香炉里上完香之后，静静地坐在妈祖像前，默诵着自己的心愿。不一会儿，不知谁唱起了怀念妈祖的祭歌。悠扬的歌声，袅袅升起的烟雾，带着石塘人对幸福生活的向往与追求，萦绕在祭坛上这位漂亮的女海神周围。

选自《读者·乡土人文版》2006.05

海口老城：异国情调与本土享受

羽奕

历史与文化孕育的老城，尽显迷人风采。

与三亚的蓝天碧海和绿椰白沙相比，海口的确有些相形见绌。但海口是个内秀的城市，它的韵味从老城那里辐射出来，像海风一样漫卷整个城市，须盘桓于其中才能有所体味。海口老城的魅力在于饱经沧桑却波澜不惊，它包容着平淡的人间生活。它的存在使海口属于海南人，而不是外地游客。

老城的南洋情调

海南第一大河南渡江，从五指山浩浩荡荡朝北奔向琼州海峡，江水入海之处，天高海阔，当地人称之为"海口"。海口建城于宋代，距今已有800多年的历史。

海口老城主要集中在得胜沙路和中山路一带，建筑受东南亚"南洋殖民式建筑"的影响，具有欧亚混合文化的特征。漫步老城，满眼是白色的南洋骑楼、柱廊、敞廊、巴洛克风格尖顶，乍一看，十分欧化。走近仔细端详墙面上的雕刻，却发现是富有中国民间特色的图案："百鸟朝凤""龙凤呈祥""松鹤延年"……

海口骑楼已有100多年的历史。海口曾是中国的通商重镇，在这里拥有一片家产成为所有下南洋的海南华侨的梦想。19世纪末至20世纪初，在异乡打拼出一片天地后的海南人纷纷"叶落归根"，携带辛辛苦苦攒下的钱回乡置业建房。他们根据海南的气候特点，建起了具有南洋风格的骑楼建筑。

尽管原来的主人在几番动乱后已经不知所终，但骑楼依然保持着它的雅致和古朴，现在居住在此的大部分是经商者。因年代久远，有的墙面已经斑驳掉色了，一些窗户的木椽已腐烂掉落，墙上不经意间还可看到几株野草和藤蔓。斑驳的骑楼如美人迟暮，虽然褪了昔日芳华，但它的神韵却不凋谢，隐藏着一段绮丽非凡的身世，还有几番悱恻动人的传奇……

骑楼下面的店铺很多，因为是黄金路段，店铺的生意日夜红火。漫步在廊柱林立的骑楼过道里，你不必担心骄阳暴晒和雨水淋沥之苦。数百年的繁华闹市都被这些色彩斑驳的老房子目睹过，一切如过眼烟云，只有老街的血脉传承依旧。

里弄里的人家从前大多是商贾官绅，至今仍保留着大宅古屋。从得胜沙路建设银行旁边的小巷前行50米，就是为纪念海南第一个进士王佐修建的"西天庙"，它是当地人从文求学的祈祷之地。再前进200米，则是供奉关羽的"关圣庙"。从解放路电信局旁边的小巷往里走50米，就是中共琼崖第一次代表大会会址。位于中山路63号的"邱氏宗祠"坐落在骑楼之间，门面低矮，毫不显眼，两扇厚重的古旧木门虚掩着，推门进入，里面竟别有洞天，这是一座典型的具有明清建筑风格的大民宅。据65岁的屋主邱庆年介绍，这幢古宅是清朝道光年间所建，建此屋的祖先名叫邱成顺，他做陶瓷生意赚了钱后，就在中山路建房置产，建成了这幢规模较大的"邱氏宗祠"。从邱成顺开始到现在，已是第7代了。邱家一脉香火旺盛，从这幢古宅里繁衍出 100 多个邱家后代。

老城是海口的坐标，缄默伫立在这座城市的坐标轴上，感受着这个城市的历史和变迁。

浮生半日老爸茶

海口老城的小街巷中，嵌着许多"老爸茶店"。"老爸茶店"，顾名思义便是老爸们相聚喝茶的地方，据说它的兴起和归侨有着密切的关系。19 世纪末，得胜沙路耸起了美丽的骑楼建筑，街道面对海口的长堤码头，商贾往来，货流相接，很快就成为当时海南的商业中心。一些回乡的老华侨就在得胜沙路经营起新式茶店，供应红茶、咖啡、牛奶和西式糕点等，以方便来往客商驻足休息。规模大些的茶店，还向茶客提供汤面、粥粉以及海南最地道的小吃：番薯汤、绿豆汤、木薯汤、鹌鹑蛋煮白木耳、木薯煎米果和煎粽等，甜的咸的应有尽有，花样繁多，很受客人的欢迎。渐渐地，"老爸茶店"在海口风靡开来。

100 多年过去了，茶店的经营方式并没有发生多大变化。店堂的陈设还是同样的简陋，没有什么装修，临街的铺面放置几张桌凳供茶客休息饮茶。茶客大多是住在附近的中老年人，他们彼此互相认识，不必提前预约，相见时说："走，吃茶去！"便都往茶店里钻。

地道的海口人深谙茶中滋味："一碗喉吻润，两碗破孤闷。三碗搜孤肠，惟有文字五千卷。四碗发清汗，平生不平事，全向毛孔散。五碗肌骨轻，六碗通仙灵，七碗吃不得，唯觉两腋习习清风生。"许多人的一天从"老爸茶"中开始，也在"老爸茶"中结束。

在老城的骑楼老树下，同二三知己共饮，得半日之闲，可抵十年尘梦。

老城里的饕餮生涯

清晨8点的太阳不那么暴烈，跟着那些趿拉着拖鞋的男男女女走向老城深处，你能发现绝好的早餐——海南粉，早已烫熟凉好的米粉放在碗里，加入牛肉干、鱿鱼丝、瘦肉酥、芝麻、酸豆角、黑豆芽、花生、虾仁、少许的盐和酱油，爱吃辣的再加点辣椒酱，最后浇上一勺用黑木耳、竹笋等熬成的卤汁，用筷子拌匀，香气四溢。这种五颜六色的海南粉很容易让人上瘾。

傍晚时分，去寻觅有名的"海南鸡饭"的店摊。在这些店摊的玻璃罩顶上，大都吊着一只只黄澄澄、胀鼓鼓的鸡。"海南鸡饭"实际就是白斩鸡配米饭而已，但那鸡的美味在于肉脆、骨软、味鲜、肥而不腻。蔡澜对"海南鸡饭"的要求是：要骨头周围的肉略带桃色，鸡的骨髓还是带着血的才算合格。懂得吃"海南鸡饭"的人，最喜欢那层鸡皮。吃鸡的皮，吸鸡骨中的髓，大乐也。那米饭的米是一粒粒独立成形，包着一层鸡油，吃时要淋上酱油、蒜泥和特制的红辣椒。单单是白饭，已是天下美味。

到了夜色稍浓之时，随便找一家小店，在新鲜的椰子上开个小洞，插入吸管，"呼噜呼噜"喝个痛快，然后抠出白生生的椰肉，"嘎吱嘎吱"地嚼；或者去喝一碗"清补凉"——用花生、空心粉、新鲜椰肉、红枣、鹌鹑蛋、绿豆、薏米、芋头、西瓜和椰奶等调和而成的消暑饮品，像广东一带的凉茶一样，喝了可以降火清热，但味道却比凉茶美多了。

选自《读者·乡土人文版》2007.03

韩城——人文气息凝聚的历史

安谅

    韩城，是西部一个不起眼的小城市，大概没有多少人能说出它的准确方位。但就在这个小城市却出了历史上一位伟大的文学家、历史学家，他就是司马迁。斯人斯事不知给这个城市带来了多少感喟。到了韩城，才知道不虚此行。韩城的古建筑给我留下了深刻的印象，至今犹有回味。

    韩城的历史建筑，给人印象最深的还是它的古民居——四合院。韩城是北方古民居保存最多而且集中分布的地方，整个韩城从城镇到乡村，分布着各式各样的四合院 1000 多座，仅在老城内就有近 700 座，像张巷、泊子巷、南营庙巷、湾湾巷等四合院鳞次栉比，相当规整。韩城老城的四合院大都是明清时期修筑，据说那时的韩城人文鼎盛，在京城和省城做官的人很多，于是就把四合院这种北方当时流行的建筑式样搬了过来。韩城四合院的建筑，不管是局部还是整体以及各种装饰艺术都非常考究，并在艺术上融合了北方各地的特色，充分体现了汉民族家族聚居、和谐共处的居住文化和民族传统建筑艺术的丰富多彩。在众多古民居中，最有特色也最值得一看的是党家村的古民居。

    党家村位于韩城市东北约 10 公里处，东距黄河只有 3 公里，夹在高高的土塬之间，东西延伸成葫芦状。整个村寨就是一个古建筑群，现在仍有各种四合院 120 多座（据说最多时有数百座）。除了四合院，村寨还有桥梁、古塔、古井、私塾、祠堂、哨门、贞节牌坊等近 20 个各类建筑设施，保存了古巷道 20 多条，凡生活起居、教育文化、公共活动、防卫等建筑都很齐全。党家村四合院的建筑细部，像门楼、门楣、庭院、回廊、梁柱、窗棂等以及各种石雕、砖雕、木雕也颇值玩味，很有艺术品位和审美情趣。党家村距今已有 600 多年的历史，但真正兴盛并奠定现在的村落形态则是在明代中期。党氏的先祖充分利用党家村靠近县城，近有黄河水利，通过经商发迹，长期兴盛不衰。这为整个村寨的建设、布局、经营奠定了雄厚的物质基础，也使得党家村与整个北方的村落形态迥异，与韩城老城遥相呼应，成为介乎城镇、乡村之间的一种别样的生活形态。

韩城古建筑的另一个显著特点就是它的人文气息非常浓厚。兴许是司马迁余泽，也或者是韩城书香门第、官宦世家众多，韩城人历来非常重视教育，因而，这里的建筑首推文庙。

韩城的文庙坐落在老城东学巷，兴建于元代，后来屡经修葺，建成现在的规模：总建筑面积达 8000 多平方米，南北中轴线长达 180 米，主要由大成殿、明伦堂、尊经阁等单体建筑构成。大成殿是文庙的主体建筑，建筑在石砌高台之上，为歇山顶结构，面宽 3 间，进深 4 间，殿内金碧辉煌，气势不凡，还有康熙帝所题"万世师表"的牌匾。它的北边是明伦堂，堂为 5 间，堂东西两侧有碑林、掌酒司、典库司，是旧时府学教官督导诸生的地方。再北边是尊经阁，是存放经书的地方，阁建在石砌高台之上，为重檐歇山顶，甚是雄伟。

除了文庙，文人学者还有一处必须一到，那就是司马祠。司马祠位于韩城城南 10 公里的一个山冈之上，东临黄河，西靠梁山。司马祠始建于西晋，清时大规模扩建，面积达 4.5 万平方米。建有明堂，堂基长近 10 丈，宽近 6 丈，基下左侧为神路，台阶有 99 层，砖石砌成，拾阶而上，倍感雄伟。新中国成立后又陆续将韩城市内的三圣庙、禹王庙、彰耀寺、河渎碑等迁移而来，成为一个古建筑群。徜徉祠内，缅怀先贤，不知几多怀古之思。

韩城的古建筑还远不止于此。据统计，在韩城现存的唐宋以来的古建筑就有150多个，其中元代建筑像文庙一类，就有20多处。可以称得上庙宇众多、古迹荟萃了。如果时间紧不能一一观看，那不妨去看一下老城的城隍庙。城隍庙为明代建筑，占地面积1.75万平方米，是由殿、坊、庑、楹等诸多单体构成的一个庞大的建筑群。此外还有老城东北10公里处的普照寺。该寺现已改为元代建筑博物馆，在寺内你不仅可以看到普照寺的建筑，还可以看到从韩城市内不同地方迁移而来的元代建筑，如紫云观、天圆寺、高神庙等。

此外，逛逛韩城老城的街面也很有趣味。老城主街南北贯通，长千余米，巷道纵横，错落有致，两侧布满明清建筑风格的店铺，多为两层砖木结构，坡屋顶，上库下店，前店后居。行走其间，依稀可以想见老城旧时的繁华和鼎盛。

选自《读者·乡土人文版》2010.01

黄河岸边的守望者

李继勇

　　触摸黄河踩着黄河的涛声，走在古镇的大街上，会突然被历史的苍凉击中。临河主街的明清建筑被庄严肃穆的气氛笼罩着，让人分不清到底是颓败萧条，还是古朴厚重。百年老店早已传不出吆喝声，斑驳的大门犹如一双历尽沧桑的眼在凝视着黄河，凝视着这条大峡谷……

　　碛口因下游的"大同碛"而得名。"碛"按当地人的说法，是指黄河上因地形的起伏而形成的一段一段的激流浅滩。壶口是"黄河第一碛"，名气紧随其后的"大同碛"被称作"二碛"。"黄河行船，谈碛色变"，"大同碛"是黄河中上游黄金水运通道的终点，碛口便责无旁贷地担当起了"码头"的重任。

　　卧虎山上的黑龙庙是碛口古镇的地标性建筑，站在庙门前，居高临下，可以很清晰地看到黄河在"大同碛"拐了一道弯，河面急剧收窄，仿佛倾斜成了一道长长的水幕，而远处的船只就像随时可能被倾覆的纸船，这种气势让人一阵心悸。

　　黑龙庙里有个戏台，唱戏从不用扩音设备，隔着黄河的陕西村庄也能听清戏文，故有"山西唱戏陕西听"之说。

　　黄河岸边的守望者碛口古镇沿着黄河排开，建筑和街道则顺着山势层层叠叠、渐次升高，是清代山区传统建筑的典范。街道都用石头铺就，店铺都是高台阶平板门，一条长 5 里的主街道曲曲折折，连着主街的十余条巷道伸入数以百计的院落。

　　与当地人聊天，和他们一样捧着巨大的粗瓷大碗蹲在街边吃饭，仿佛置身于一幅褪色的老照片中，被人来车往打磨得油光水滑的石板路更是让人心静如水。沿着那些纵横交错的小巷，走进一座座精致典雅的庭院，让人有一种追寻文化脉络的恬静之感。而走出巷子看到的，无一例外就是黄河。

　　像所有的古镇人一样，碛口人也喜欢缅怀昔日的风光。找个上了年纪的老人聊天，递上一支烟，他就会告诉你古镇当年的繁兴。"驮不尽的碛口，填不满的吴城""碛口街上尽是油，三天不驮满街流"是流传至今的民谚，仍能勾勒出昔日的一派繁华。在一家名为"天聚隆"的老油店里，能看到大门、门廊和柱子都结了一层黑疤似的"油化石"，不知多少代搬运工用沾满油的手留下的痕迹，不经意成了岁月的见证。

　　说完后，老人一声叹息，重又陷入了吞吐出来的烟雾中。没有人能阻挡历史的进程，随着铁路和公路运输的兴起，黄河水运被挤出了历史舞台。碛口古镇就如这位老人，被长久地遗忘在荒凉贫瘠的黄土沟壑中，寂寂地守着母亲河，守着逝去的荣光与沧桑。但显然，仅仅守护是困难的，碛口已经进入世界文化遗产基金会公布的"世界百大濒危文化遗址守护名单"。不知老人是否知道这个消息，如果知道，他守护的姿势中会不会添上几分沉重？

　　西湾是碛口镇的村子，一个国家级的历史文化名村，从镇上步行 20 多分钟就到了。

　　西湾村很适合眺望，隔着湫水河在公路上便能看到村子。村里多明清风格的窑洞式建筑，房屋依山势而建，坡度很陡，屋宇层层叠叠、错落有致，很有气势，更像古风古韵的城堡，在蓝天白云的背景中，宁谧且沧桑。

流经碛口古镇的财富大多汇集到了西湾，碛口商贸的创始者陈氏家族选择在西湾大兴土木，这个村子逐渐成了碛口陈氏商人的"家属宿舍"。据说西湾的布局很合风水，村里5条石砌的街巷代表着"金、木、水、火、土"五行，将30多座宅院连为一体，辅以高墙围护，整个村子就成了一个封闭式的城堡，仅南面就留有3个大门，寓意"天地人"，体现了"天人合一"的思想。少数民宅都雕有异彩纷呈的木雕、砖雕和石雕，显示祖上曾经"阔过"。

走村串户很有意思，从外面看起来，整个村子如堡垒般森严，但一进到村里，似乎无论从哪户人家出发，都能畅通无阻地走遍整个村子，因为村落里的宅院间都有小门相通。这样的设计，不仅仅是为了解决村内的横向交通，更有利于突发事件下快速转移和集体防御。随便进出的惬意，对在都市里习惯了人际关系有分寸地隔绝的我们，真有很大的吸引力。

西湾的村民很好客，跟他们聊天也行，老乡们在商讨着该种点什么，春天来了，嘴里说着庄稼农活，总算是看到了春天的芳菲。如果听不懂他们说话，就在向阳的炕上盘腿坐下，看女人们边聊家常边铰窗花、做刺绣或是缝布老虎。

西湾经济不发达，人均收入也比较低——正是这个原因，老宅院才能保存至今。村民们更多的时候是静坐着，默默地看着我们进出拍照，好像我们也是村里的一员。要想体验那柔软时光，只需像村民们那样守着一轮太阳过活。借一把躺椅，把自己整个儿扔进去，追随着渐渐西移的太阳不断挪动椅子，脚下不知道啥时候窜过来一只猫，舔着阳光不知不觉就睡着了。

太阳落山，老乡们将晾晒的花生和枣子收进屋。窝进了躺椅中的我，也不得不结束这天的日子。晚上做梦，自己变成了一颗被阳光充盈着的花生，剥开壳，便流出阳光的清香……

　　黄河水浇出的世外桃源李家山与碛口镇隔山隔水相望，200多户人家散落在"两沟四面坡"。大大小小清代建筑风格的窑洞，沿坡壁呈阶梯状分布，下一层的窑洞就是上一层窑洞的前庭，有的窑洞甚至直接建在下一层窑洞的窑顶。这多达八九层的窑洞看似随意布局，却完美结合了山势的坡度与走向，层次分明、错落有致地层叠而上，直至坡顶。乍见李家山，只能用"震撼"两个字来表达心情。那一刻，我似乎理解到了李家山村的发现者——著名画家吴冠中先生的惊喜若狂。吴先生于1989年10月赴李家山后写道："我在山西有一个重要发现——临县碛口李家山村。这里从外边看像一座荒凉的'汉墓'，一进去是很古老很讲究的窑洞，古村相对封闭，像与世隔绝的桃花源。这样的村庄，这样的房子，走遍世界都难再找到。"

　　从山上往下走，村路由青石板铺成，村子不大，却很雅致。当地有段非常有名的民谣："李家山的女子，白家山的汉；招贤镇的瓷器，南沟里的炭。"到了李家山村，我就准备好了要"打望"美女。但没有看到什么年轻女子，倒是一群从山涧下挑水上山的孩子非常漂亮可爱，"谋杀"了我很多胶卷。一村民告诉我，他们是从山沟底给村里小学挑水的，每人每天要挑两担。没想到这个靠黄河的村庄，竟会受到缺水的困扰。

　　我跟着挑水的孩子下沟底，挑着水桶的孩子曲折盘旋在陡峭的坡上，我不由得替他们紧张。他们却浑然无事，一路上向我打听外面的世界，身上洋溢着简单的快乐。到达沟底仰望村庄，村庄像一只展翅欲飞的凤凰。有风水先生说李家山形似凤凰，这块"风水宝地"就有了"凤凰村"的别称。

　　这只藏在黄土沟壑中的"凤凰"，展翅的姿势让人感慨莫名。

选自《读者·乡土人文版》2008.08

徽州：宣纸上的故乡

陶方宣

白墙黑瓦的徽州古村落就像画在纸上的水墨，白墙白得像白天一样的宣纸，黑瓦黑得像夜晚一样的徽墨，而且用的还是宣笔。那是一个风吹叶落的深秋，飒飒秋风吹着我树叶一样单薄的身影掠过徽州的青青大山。在冷雨中或月光下，故乡就像一部收藏了几代的水墨长卷，破败朽烂的老屋、空寂僻静的古村、残破荒凉的祠堂、空无一人的老街，像石刻的徽雕一样凝重，像纸扎的灵屋一样虚幻。这种凋败和残缺可能更具一种审美的意境，更能打动人心。在南屏村的那个晚上，在漆黑阴暗的老房子上，我看到一片漂洗得纤尘不染的月光，心像被人狠狠一捏。多少年没有见到过像南屏村那样美好的月光了，那是童年里的月光和童话中的月光，令人思乡，令人怀旧，令人想找一张宣纸去案头泼墨，或写一首《卜算子》或《一剪梅》。

有无数迷宫一样的古村深藏在九华山、黄山、齐云山那些云雾缥缈的大山褶皱里，源远流长的徽文化就散落在那些宗祠、戏台、家谱、风俗和民谣之中，西递、上庄、宏村、江村……它们就像一个个谜语在大青山里年复一年地沉默着，让人无法猜透。

在徽州众多的古村落中，我最爱南屏，而南屏我最爱的就是它那片纤尘不染的月光，你到了南屏肯定也会爱上那一片如水洗的月光。最好选择在秋天的中午抵达，沿着那古老的村巷踱着，看剥麻晒蕨的农人，看老宅里的棕树和瓦楞草，就这样消消停停地走，不要着急，累了，就在某个老房子门前的拴马桩上坐一会儿。最好选择某个农家老屋投宿，睡那种带美人靠的雕花古床，推开阁楼上的花格子木窗，可以看见白墙黑瓦的民居、高高低低的青山和房檐下大大小小的燕巢。如果留心，你还会看到廊檐下木炭炉上的锅里炖着的火腿与冬笋，香得让人流口水，这就是你的晚餐。你最好能喝几杯农家自酿的米酒，三五杯就行，喝得头重脚轻的，就可以出门去看月光了。六月初三或九月初九，天黑得如一团徽墨，在你一愣神的时候，月光就从某个老房子顶上漫过来，像一盆凉水浇了你一头一身，它流在地上，像秋霜，像宣纸，你忽然有了一种感动，因为你在城市里几十年从没见过如此美好的月光，它把你心灵上的尘埃擦洗得干干净净，你感觉自己一下子纯洁如水了。这时候，你最好独自一人在某个空寂的老房子里站一会儿，或者就坐在美人靠上，月光从天井里洒落下来，洒在你单薄的青衫上，一些前尘往事会在朦胧的月光下像水一样晃动：穿丝绸的女子一脸愁容，绣花缎子鞋踏在青石台阶上静谧无声，梅花的淡影，蟋蟀低泣如风中远逝的箫声，生肺病的书生低低的吟咏，发黄的线装书上落满灰尘，遗落在青砖地上的丝帕，风吹动的古画，压抑的喘息，纸灯笼照着廊檐下一树的落花，微雨后厢房里的三两声黄梅调……

在徽州古村落中，西递太出名了，游客与小贩整日把它围得水泄不通；宏村呢？据说农民都不种田了，手拿假古董在村巷里招摇。只有南屏还在寂寞着，如今，你到那里还能找到像南屏这样一片寂寞清幽的月光吗？像南屏一样陈旧的是一个小镇——泾县的章渡，那是一个在清清流水旁的著名小镇。我来到章渡时，却没有看到水，那条绕镇而过的蓝带子一样的河流——青弋江早已干涸见底，河床上大片大片的卵石堆积如山。站在河床上看章渡镇，吊脚楼下，一根根木柱空荡荡地戳在荒草丛里，像鱼腐烂后露出的排列整齐的骨刺。在我的想象中，章渡应该是一条活泼的小鲤鱼，游窜在清澈见底的青弋江里，而我眼前的章渡却是一条死鱼，被遗弃在河岸。

有一些安静的小城多年来让我魂牵梦萦，像吴江的周庄、徽州的章渡，像安庆的桐城、湘西的凤凰，这些韵味悠长的城镇我还能列出许多，它们的自然景观与人文环境和谐共生，成为一种背景与氛围。在一片灵动的青山绿水中，走出来一个个艺术禀赋极高的大家，像茅盾之于乌镇、沈从文之于凤凰，姚鼐之于桐城。良好的氛围孕育出大家，大家反过来又给这方水土以浓厚的文化积淀。据说三毛一进周庄就泪飞如雨，这当然不是无缘无故的，在这片熟稔亲切的生存场景中，我们都会找到家园的亲近感和文化的认同感。这里是家啊，是故乡，有时候，中国是可以简化为一片廊檐、一声乡音、一句乳名的吆喝、一种小吃的滋味，不经意的时候，都会让游子为之倾倒。

几个世纪以来，章渡一直是古徽州的一处重镇，在水运时代，一条青弋江是通向长江和山外的主要航道，无数运载文房四宝和徽州山货的船只，胡适和胡雪岩等名人的一次次远行，靠的就是这条青弋江。据说，当年的章渡的吊脚楼下泊满了南来北往的船只，小镇上的酒楼、书画店、山货行、旅馆、青楼鳞次栉比，商人、画匠、文人、美女来来往往。因为水运的便利，古徽州出产的文房四宝和茶叶、竹木、柴炭等山货都在此交易，然后运抵芜湖中转到汉口、重庆、南京和上海。这时期的章渡是充满魅力与生机的，一座座古色古香的老房子通宵达旦灯火通明；一次次茶酒聚会，谈书画技艺与经商之道，室内美人如花才子风流，富商一掷千金；雕花木格窗外，一江春水千年百年地流淌，一叶叶船帆像日历一样一页页地翻过，记录下水运时代的农耕文明。

仅仅就在几十年后，章渡冷落了，到了今天，青弋江竟然完全干涸，森林植被破坏，水源涵养缺乏，这是一种必然吗？现在已经是网络时代，一条高速公路在离小镇不远的地方掠过通向黄山，谁还受得了河流上一叶扁舟的桨声？

我来到章渡，第一次也是最后一次，老街上悄无人声，一座座烟熏火燎的老房子寂寞无声地站在跟前，像年老色衰的弃妇，原先泊在青弋江岸边的小镇完全废弃了，药铺、书画店、饭馆、旅栈、青楼里空无一人，偶尔有几个老人在门前晒太阳，浑浊的眼神里有的是对世事更迭的冷漠与无奈。依稀，还能看到墙壁和门楣上的一些字迹——"苏松布庄""两广杂货""色赛春花"……诱发了我们所有关于繁华的想象：驿站里匆匆而过的官人、采药的隐士、行吟的诗人、如花的美女和成群结队的商旅；似闻到昔日许多混合的气味：参茸膏丹的淡苦、香水锦缎的芬芳、宣纸徽墨的暗香和鞍具马靴的皮革臭味，还有文弱书生油纸伞上的桐油味和白藤箱里的书卷气……

站在满目疮痍的青弋江河滩上，眼看着那条足足有两里路长的古街像条鲜活的鱼儿在时间的长河里静静死去，家家雕梁画栋的门前艾草丛生，房檐上结满蛛网……我一个人在微雨后的黄昏，像鬼魂一样走着，抬头望天，久久地惆怅。我离开徽州时雨并没有停歇，雨一下起来就无休无止，中巴车在青山间驶过，心却像风筝一样飞了起来，掠过旷日持久的雨季，掠过江南老家潮湿幽寂的空庭，把那些泯灭在新安江、青弋江、富春江流水之旁的古镇老村串联在一起：江村、西递、查济、宏村、章渡、上庄、伏岭……像曾经美艳如花的女子在岁月的长河中日渐形容枯槁，用杜拉斯的一句话说就是：“比较起来，我更爱她备受摧残的容颜。”

我爱徽州，爱它寂寞的备受摧残的容颜，在群山背后，在那些古老的村庄之间，我看到先民们对人生的精细与诚恳，他们从不敷衍，所有的创造都围绕着耕读渔樵的理想家园，我的旅行像是回家，没有一点陌生感觉，那些庭院炊烟、青草牛羊、坎坷不平的土路、散乱的篱笆、古桥与老屋、木匠和篾匠……寂寞地坐在寂寞的徽州，我想我终于回家了。

然而南方的老家无法回归，老家只能放在心上，我们只能在寂寞的黄昏里写下这些苍凉的文字，在被秋风吹得散乱的宣纸上抵达故乡。其实，所有幽暗寂寞的故乡，大都也就在发黄的宣纸上。

选自《读者·乡土人文版》2008.07

江南市镇水文化

田峰

江南地区的范围，大抵包括江苏南部、浙江北部及上海地区。其地理位置基本上是以太湖为中心向四围辐射的，而且城与镇、镇与镇、镇与市之间有诸多河流相连接，因此江南地区自古便与水结下了不解之缘。"小桥、流水、人家"不仅是江南生活图景的映射，更是一道独特的人文风景线。

江南市镇，水网密布，市河与外河纵横交叉，桥梁错落有致，随处可现。那多姿多彩、形状各异的桥梁，或直或拱，或窄或宽，或平如玉带，或弯似彩虹，或简易玲珑，或抽象凝重，引起迁客骚人的无数遐想，成了他们吟咏抒怀的绝佳对象。他们有过"欲向枕边寻断梦，半桥残日落清风"的伤怀；也有过"行春桥畔画桡停，十里秋光红蓼门"的感慨；他们有过"侬家住近古虹桥，郎若来时诗一瓢"的风情；也有过"忆昔宸游曾驻跸，溪桥犹自记康王"的惦念。

忆往昔，"戚将军垒大旗飘，斥堠烽烟靖斗刁。西水驿来三十里，风帆齐指大通桥"；看今朝，"虹影横空卧一条，小红何处和吹箫。间看落照登临去，绝胜松陵十四桥"。作为江南独具特色的传统人文景观，小桥、流水、人家交相辉映，宛自天成，其碧玉之美显逸出江南的风韵，因此而成为江南市镇的标志。正是这些隽永而富有韵味的桥梁，把水乡江南有机地联成一个整体，散发出自身特有的文化魅力与人文气息。

江南市镇的居民生活与水有着千丝万缕的联系，他们通常"以船为车，以楫为马"，映射出水乡人舒缓悠闲的生活节奏。这种独特的生活情韵，似能在《采莲歌》中窥视一斑："淡红轻白一色莲，江南歌好唱田田。忽闻手钏琤玉从响，惊起鸳鸯立水边。"江南的文化情韵跃然纸上，令人回味无穷。江南市镇的民宅许多依河而建，在临水的一边，许多房屋都开有后窗，倚窗望去，小桥碧波，轻舟泛水，少女采莲，尽收眼底，是人们放松身心的好去处。"君到姑苏来，人家尽枕河。古宫闲地少，小桥水巷多。"纵横的水巷，众多的桥梁，勾勒出江南市镇的区域面貌。在此种小巧别致的情境中生活，的确使人心旷神怡，浩然有天趣。不仅情操得以陶冶，精神亦得以升华。所谓"一方水土养一方人"，江南士子温文尔雅的性格养成之原因，恐怕亦能在此寻到答案。

如果说"小桥、流水、人家"的生活小景体现了江南水文化的独特内涵，那么江南市镇的命名艺术则反馈出了江南水文化的巨大影响力和辐射力。先以塘栖镇为例，该镇街巷的命名即体现出水乡特色。据《唐栖志》载："栖镇地形，比比墩阜，叠石筑堤，坚如塘岸，壤接官塘，故名石塘。其闹市在支河两岸者，曰市中，河曰市河。其小街屋傍旁径之道，概呼曰弄，即城中之巷也；复里聚居之所，或云河，或曰埭，在傍涯而居，故其名从水取义，唐栖街巷大概类此。"其实小镇"唐栖"的命名亦是如此。"唐栖"也写作"塘栖"，"塘"之原义即是"堤岸、水池"。实际上，这一特征在整个江南市镇中极具普遍性，因为从其产生的第一天始，江南市镇便与水结下了不解之缘，无论生产、生活，还是食、用、住、行，江南人都离不开水，所以市镇的命名大多遵循"从水取义"的原则，显示出江南水乡的文化特色。大致分成几类："泽"，意指聚水的洼地。例如：盛泽、震泽、张泽、金泽。

"河"，意指天然的或人工的大水道。例如：刘河、新河、杨家河。

"湖"，意指湖泊。例如：菱湖、汾湖。

"湾"，意指水流弯曲的地方。例如江湾、前湾、萧家湾。

"泾"，意指河道的沟。例如：枫泾、璜泾、朱泾、王江泾。

"渡"，意指渡口。例如：黄渡。

"洲"，意指水中之陆地。例如：长洲、洲泉。

"浦"，意指水溪或河流入海处。例如：青浦、月浦、乍浦、澉浦。

"溪"，意指溪流。例如黄溪、珠溪、梅溪、松溪。

"港"，意指江河的支流。例如：溪港、闸港、沈港、荻港。

"渎"，意指小水沟、小水渠。例如：木渎、南星渎、马家渎。

"渠"，意指人工开凿的水道。例如：王渠。

"潭"，意指深渊。例如：黄潭。

"浜"，意指小河。例如：陆家浜。

"塘"，意指堤岸、水池。例如：塘栖、横塘、泽塘、斜塘。

"埭"，意指坝。例如：黄埭、芮埭、埭头。

"堰"，意指拦河坝。例如：张堰、张泾堰。

　　从上面的陈述中，我们不难看出，水文化在江南生活中占有重要地位，它所沉积的文化底蕴，一方面增添了江南市镇的秀丽雅致，另一方面又净化着人们的心灵，构成了一幅江南市镇奇特的人文风景画。

选自《读者·乡土人文版》2003.05

静静的吴堡石城

郭妮娅

在陕北吴堡县城东 2.5 公里处，有一处高山梁，梁上矗立着一座石头城，这就是有着千年历史的"吴堡石城"，素有"铜吴堡"之称。据史料记载，古城始建于五代十国，北汉政权为吴堡寨，金正大三年（1226 年）设吴堡县于此，元至清各代，皆为吴堡县城。古城位于今县城所在地宋家川镇东北 2.5 公里处的独立山梁上，该城头枕黄河，东以黄河为池，西以沟壑为堑，南为通行道路，下至河岸，北门外为咽喉狭道，接连后山，真乃"一夫当关，万夫莫开"之险地。只可惜由于种种原因，造成了这座千年古城"知之者寡"，至今"独立高山人未识"。如今的古城是吴堡县城关镇的一个行政村，名曰"古城村"，又叫"城里村"。

我们驾车行驶在黄土高原，一路上车随路转，蓝天、白云、窑洞，一望无际的黄土地，稀疏的庄稼，勤劳的人们。

"我抬头向青天，搜寻远去的从前，白云悠悠尽情地游，什么都没改变。大雁听过我的歌，小河亲过我的脸，山丹丹花开花又落，一遍又一遍……"这时，不知是谁响亮亮地唱起了信天游，粗犷而又深情的歌声一如这片黄土地，是那么的坦荡，那样的自然和纯净。

赶到吴堡时已经是中午时分。停车驻足，抬头仰望，发现古城就在不远处。再往前走，古城便映入眼底。吴堡古城依山而建，地势险要，是一座名副其实的石头城，城墙用石头垒就，城门由石头搭成，房屋也是砖石构建的窑洞。古城虽小，却占据了那么个山头，下面就是滚滚的黄河。传说中的古城真真切切地呈现在眼前，它比想象的更整洁、更威严，也更加质朴厚重。继续前行，古城越来越近，当你置身其中并站在这高高的古城上时，人类智慧的伟大便在此刻体现。谁能想到，这群山之中竟会有这样的恢宏建筑？巍巍耸立，鸟瞰四周，好一座古石城！

吴堡古城平面呈不规则形，城墙高 6 米 ~10 米，厚 2.6 米 ~7.5 米，城周长 1125 米，占地面积 10 万平方米。据县志记载："乾隆三十一年（1766年），知县倪祥麟详清实丈；城周四百三十有奇，外城墙高三丈至一丈二三尺，内城墙高一丈至七八尺不等，随清帑重修，底宽一丈二尺，顶一丈，内外俱砌石块，中实以土，筑有城门四个，规模颇隘，东南以黄河为池，北以石堑为堑，而亦号称'金汤之固'，又称'铜吴堡'。"城垣有东、西、南、北四门，城门宽约 1.8 米，门上均建有门楼，东、南、北门保存完整，东门曰"闻涛"，南门曰"石城"，西门曰"明溪"，北门为"望泽"。南面修有瓮城，瓮城及四门均由石头建成。古时传说南门朝正南开会有灾难降临，所以古城的南门朝东南方向，而在南门外另修了一座瓮城，瓮城门朝着正南方向。据说后来城里的人们因瓮城门太窄，农用三轮车进不去，便在城墙上开了个豁口，就这样，交通便利了，城墙却被破坏了。如今瓮城里面早已是一片废墟，除了城墙还算完整之外，一切都不复存在了，只有瓦砾和肆意生长的荒草。进入古城，穿过主干道，座座久无人居的石头房子映入眼帘，院内静悄悄的，破旧的门窗也无人修缮，年久的窗纸在风中"沙沙"作响。

这里的房屋都带院子，围墙用碎石垒成，围出了小院，也隔出了一条条短而窄的小路。现在只有少数年迈的老人执着地守候着这座古城。

城内古迹保存较为完好，古城内现存有两座土地庙，一些石碑、雕像、石刻和石条，数处明清时代的窑洞式四合院民居。城内原有南大街、北大街、店铺、衙门、娘娘庙和祖师庙等建筑，现均已被破坏。城内有一条古时遗留下的街道，长约300余米，街道两旁建有房屋30余间，建筑结构均为窑洞式，据说这里以前是一条繁华的商业街道，透过这些遗迹，不难想象数百年前这里曾经的繁华与喧闹。由于古城内交通不便，而且城内无水源（靠从西城门外的山沟里取水），大部分居民陆续搬到城下的宋家川居住。在石头城里我们遇见最多的便是枣树，漫山遍野的枣树，就连空气中也弥漫着枣的香气。它使沉睡的古城多了一丝生气，给沉静的古城画上了浓重的一笔。绿色与灰色的完美组合在此彰显，构成一幅厚重壮丽的画卷。

王春育大伯得知我们的来意，很是热心，取出了自己绘制的古城平面图和珍藏的所有古城资料。他希望我们多写写吴堡，多说说古城，希望曾经门庭若市的古城不再默默地屹于一隅，被人遗忘，希望更多的人给这座古城带来生气和活力。是啊，我们何尝不希望如此？吴堡不仅仅是一座古城，它更是历史的延续，是人类千年文明的载体，它不是一块块石头简单的堆砌，这里的每一块石头都有自己的历史故事。吴堡古城是活的历史，2006年，它被国务院批准为第6批全国重点文物保护单位。

古城的一切是平静的，但仔细咀嚼和品味，又是那样的不平静。夕阳西下，我们漫步在小路上，凝望着暮色中的古城，倾听着隐隐的黄河水声，回味着老乡讲述的古城旧事，一幅幅生动的画面在脑海中翻动……

选自《读者·乡土人文版》2008.04

静享澳门

张舒音

　　在珠海的情侣路上看车窗外淅沥的细雨，不免惆怅。提着行李，缓缓穿过躁动的人群，行过关口。此时，海的这边，艳阳高照。低头笑笑，正合了"东边日出西边雨"。熙熙攘攘的行人过客，拥挤的小巴士，外墙早已剥落的破旧居民楼。才入春，南方城市已忍不住灼热地喘息。这感觉陌生又熟悉。

　　从澳门岛到氹仔只要十分钟车程，透过车窗看海水在脚下翻腾，汽车驶过，巨大的引擎声惊起小憩的海鸟，远方零星的船只停靠岸边。这城市，怎会在喧嚣中带给我落寞的感觉？莫不是闻名世界的赌城其实是渴望安宁的。

　　登上三百米高的旅游塔，眼下一贯拥挤的澳门竟显得紧凑别致而精巧，似乎那种纸醉金迷的生活还未曾真正侵蚀脚下的土地。桥轻而易举地连接着小岛迈过无边的大海，刺眼的阳光打在玻璃上。这座城市本该是海边寂静绝世的小岛，却有着这样的宿命。在三百米的高空感受这座城市的心跳呼吸，随着它的节奏，思考自己的生活。透过玻璃地板窥视人间，灰黄的天空下，华灯初上，五彩霓虹闪着光芒，映着游人脸上的喜怒哀乐。

　　若说葡京是澳门的地标，那么新修建好的"威尼斯人度假村酒店"

便是澳门新时代的标志。来澳门，威尼斯人是必游之地。沿着官也街漫步，两旁是年代已久的葡萄牙风格建筑，藤蔓植物爬满了微微泛黄的墙，绿色油漆依稀可见。静静地感受时间在这里流动，诉说着漫漫海水淹没的历史尘埃。各式各样的餐馆散发着浓郁的异域风情，使你仿佛置身20世纪欧洲的某个小镇。官也街的尽头便是壮观的威尼斯人。从酒店的侧门进入，穿过热闹的赌场，乘扶梯直达二楼大运河购物广场，果然是别有洞天——黄昏的天边永远是淡淡的一抹蓝，慵懒地洒着几朵云；金碧辉煌的大厅，雕着华美图案的玉石柱，富丽堂皇的大块地毯，彰显着尊贵的身份；四大人工运河连接了四座广场，偶尔有船夫撑轻舟行过，阵阵悠扬的歌声，湛蓝的水，朴实的木板桥，云顶下这里日不落，俨然画中的威尼斯小镇。若是兴致来了，还可以搭上船夫的船随他漂上一段，随兴之所至，欢歌笑语，享受着购物的乐趣。

住久了才发现，生活在澳门其实是件很享受的事。

对于澳门这个凌晨两点天才暗下来的城市，在月亮没离开之前起床，扭开台灯，泡一壶香醇的花茶，就着丝柔月色和若隐若现的几点星光，耐心等着天空一点一点变蓝。随意捧起一本《瓦尔登湖》淡淡地阅读，享受片刻心灵的宁静。太阳出来时，偶尔能听到异国留学生们哼起的意大利或西班牙小曲。生活虽简单随意，可并不影响人们追求生活的乐趣。书店生意总是十分好，越来越多的人开始晨练或是做瑜伽，餐馆里一家老小吃得其乐融融，海边年轻人的小酒会也丰富热闹。

无论学生还是白领，基本都有自己的私人交通工具。路上，各种各样的小汽车精巧实用，倒是十分符合澳门的地方特点——地少人多。尽管如此，巴士站还是站满了永远也运不完的人。如果恰巧遇到格兰披治赛车的话，政府会让市民免费乘坐公共汽车来缓解私家车给道路交通带来的压力。那时，几乎全澳门的人都会坐公共汽车。

我更喜欢步行。窄窄的街道不长，大概只有几百米，却有着独特的名字。它们大都以内地省会城市命名，比如南京街、成都街。澳门虽小，可五分钟就能横跨好几个省，闲逛个把钟头就能遍览祖国的大好河山，于我也是乐事一件。

"食在广东"其实也可以非常准确地移置澳门！

澳门菜融合了地道的葡国菜与传统中国菜的特色，中西结合，味道十足。无论是街头小吃还是高档的葡式餐馆，都有自家拿手的美食绝活。比如新马路上的咖喱龙虾丸，或者是官也街的木糠布丁，还有露素餐厅的正宗葡国料理。当然，除了这些葡国特色，你还能品尝到正宗的川菜、韩国烤肉、日本回转寿司，还有浪漫的法式料理。

在澳门，即使一个简单的猪扒包，也会做得精细且滋味十足。新鲜出炉的面包烤得恰到好处，夹上鲜嫩多汁的猪扒，铺上爽脆可口的蔬菜，浇上酱汁，招牌猪扒包完成！旁边的食客早已看得垂涎三尺了。

猪扒包每天只烤一炉，可是从下午三点起，店铺门口就排起了长队。再说那经典甜品木糠布丁，甜而不腻，冰凉沁心，入口即融，状似木糠的曲奇屑更使布丁的口感丰富。请教当地的师傅，才得知布丁是用鲜奶油打制而成，再加入喜爱的饼干粉末并制成木糠状。原来，一口美食还有挺多学问。再有那驰名中外的葡式蛋挞，外焦里软，色泽鲜艳，香甜可口，要是再来一杯泥樽红酒，那更是味蕾的至高享受！

选自《读者·乡土人文版》2010.06

看得见极光的小村庄

聂作平

北极村原名漠河乡，与漠河乡这个名字相比，北极村听起来更有一种浪漫温馨的感觉。

我所知道的和北极村有关的两件事，都源于文学。其一，20世纪90年代初，黑龙江女作家迟子建曾写过不少以漠河和黑龙江为素材的小说，其中一篇就叫《北极村童话》，内容记不得了，但标题一直记忆犹新。其二，管辖漠河和附近数县的大兴安岭地区，主办了一个文学杂志，刊名就叫《北极光》，其编辑部设在大兴安岭腹地的加格达奇。

自古以来，北极村就是比西林吉更为辽远的极北之地，这里一年的封冻期达200多天，年平均气温在−5℃左右，温暖的夏天短暂得像午后打的一个盹。因此，这里出现定居的人家也是因为金矿。如果不是滚滚黑龙江带来了大量金子，这里将在更长的时间里保持无人区的状态。

北极村委实太小，估计只需要10多分钟，就可以把几条短得不能再短的街道和几个像小学操场那么大的广场都走遍。然而，这又是一个对中国而言具有地标意义的村庄——它既是中国最北的地方，也是中国唯一看得见北极光、唯一有白夜的地方。

每年，随着夏至的到来，太阳光直射北回归线，位于北半球的我国变得昼长夜短，纬度越高，白天就更长，夜晚就更短，漠河以北纬53.5

度的高纬度，无可争议地成为我国的极北之地。夏至前，北极村的白天越来越长，夜晚越来越短。到了夏至这天，北极村的日照时间长达 17 个小时，一直要到晚上 11 时太阳才完全落山。即使太阳落山，天空依然一片光亮，形成了著名的白夜：不用其他任何光源，人们就能够轻松地看书、写字、下棋、打球。哪怕到了午夜 1 时至 2 时，也就是所谓的夜幕降临，天空仍是灰蒙蒙的，人们相距十几米仍可辨识。此时，天也开始放亮了，晚霞与朝晖在北极村上空交相辉映，既像傍晚，又像黎明。按当地人的说法就是，一场电影没放完，一个晚上就过去了。

至于极光，那是一种发生在地球极地罕见的自然现象。它的产生，是由于太阳发出的高速带电粒子流受地球极地磁场的影响而偏向南北两极，并与大气层中的分子、原子猛烈撞击而产生的奇异光束。其中，在南极发生的叫"南极光"，在北极发生的叫"北极光"。北极村虽然并不真的位于地球北极，却是中国最北之地，也是唯一有机会看见北极光的地方。漠河县把每年夏至的这一天定为"北极光节"，届时，来自海内外的成千上万的游客齐聚北极村这个弹丸之地，但真正有眼福看到北极光的人并不多。因为北极光并不是每年都会出现的，尤其是在距离真正的地球北极还很远的漠河北极村。

据看到过北极光的人描述，那景象的确值得让人千里迢迢前往等待。北极光的形状多种多样，有的像圆弧，有的像圆柱，有的呈带状，有的呈梭状，有的似葫芦。颜色则有橙红、紫色、杏黄等。极光从初现到消失，在空中停留的时间有长有短，短则几分钟，长则几十分钟。据说，1957年就曾经出现过一次长达 45 分钟的弧形北极光。

开车的傅师傅一边给我们介绍"北极光节"期间漠河的盛况，一边替我们惋惜："你们要是早来两个月就赶上了。"然而我们并不觉得有什么可惋惜的，对一个旅行者来说，重要的不是参加什么节日，而是自己的双脚曾经亲自行走过，自己的双眼曾经亲自看见过。正因为不是旅游季节，北极村里空荡荡的，几乎看不到游人。站在竖立着"神州北极碑"的广场边望过去，前面几十米远的地方就是波涛滚滚的黑龙江，江对岸是一些逶迤的山丘，山顶郁郁葱葱，那就是与北极村一衣带水的俄罗斯阿穆尔州的伊格娜恩依诺村。与中国这边的热闹和喧嚣迥然不同，那个作为俄罗斯边陲的村庄则一派寂静。这些年来，随着漠河大打"中国极北"这张牌，前来观光的游人日渐增多。然而，旅游开发使环境受到了影响。

北极村里处处可见以"极北"或"最北"做标识的建筑，如"中国最北一家""中国极北处碑""中国最北的哨所""中国最北的餐馆"等等。在靠近"中国极北处"高大石碑的旁边，有一座原木修建的公共厕所。我敢打赌，这也是中国最北的厕所。站在厕所旁，透过掩映的松树，低下头，能看见墨绿的黑龙江；抬起头，能看见江对岸属于俄罗斯的高山低树。夏天的阳光照在身上，感觉不到闷热，反而有一种别样的温暖。

选自《读者·乡土人文版》2009.01

快意重庆

冯琳　贺泽劲

一个极为多姿多彩的城市：矛盾与和谐统一，进步与时尚交替。

重庆，每时每刻都在变幻着，仿佛一个巨大的舞台，于山水之间演绎着无尽的快意和无边的怅惘。重庆经常是雾蒙蒙的，这个地处两江环抱中的亚热带湿润性季风气候区的城市，是中国日照时间最少的城市之一，年均雾日达 104 天。雨季集中在夏秋两季，尤其以"巴山夜雨"为多。每逢雾日，满城云缠雾绕，大街小巷缥缈迷离，一切都氤氲在雾气中，恍若仙境。

山、水、雾、雨构成了重庆这座城市外表水墨写意的基调。在白昼也恍如黄昏般的阴霾里，重庆人学会了如何调整自己，不致被阴暗的天气左右了情绪。大啖麻辣火锅，也许就是这种调节的世俗表现。然而，由于处于盆地的原因，重庆的夏天又热得古怪，"火炉"之名早已传遍天下，不过这并没有影响到重庆的潮湿，也不妨碍其快意和水墨的基调。

地处南方的重庆人，偏偏生养成了如东北汉子一样爽快直率的个性，究竟是大山的气概造就还是火锅的豪情使然？没人能说出正确的答案。

重庆的快意是无处不在的，从市井民风到城市内涵，从闻名全国的美女到四海传颂的火锅，重庆的一点一滴，无不透露着独特的个性，令人叹为观止。

一座山水相依、终年雾气弥漫的城市，却摒弃了柔媚和缠绵，而滋生出豪爽和泼辣。

山城地标解放碑，就像王府井之于北京，南京路之于上海，春熙路之于成都。解放碑在重庆的地位，是无论如何也动摇不了的。重庆人总爱往解放碑挤，并把逛解放碑说成是"进城"。解放碑是为庆祝抗战胜利而修建的"精神堡垒"，从建筑学的角度来说，它确实称不上"雄伟"，但独特的地理位置和丰富的人文内涵，使它几乎成为重庆的标志。

解放碑商场多：重庆百货大楼和新世纪百货是本土零售巨头，地位稳固；大都会广场是重庆现代化商厦的经典，甚至连楼宇的颜色，都是法国设计师针对重庆的天气特点专门调制的，带着灰调子的浅红和油绿，在千篇一律的建筑中显得飞扬而洒脱。大都会里面的太平洋百货，是重庆美女们心目中的最爱；解放碑的旁边，美美时代百货则第一次让重庆人直面什么叫作"奢侈品"。

解放碑酒店多，方圆不超过800平方米的地方，几乎集中了重庆所有知名的酒店，五星级的海逸、万豪和洲际，四星级的大世界、重庆宾馆，而三星级的有扬子岛、中天、渝都、银河，还有赛格尔公寓式酒店等等，可以满足旅客不同档次的需求。

比起解放碑，北城天街的弹丸之地却引领着整个江北乃至半个重庆的时尚潮流。远东百货、茂业百货、UME电影院、必胜客、真锅咖啡……还有层出不穷的海鲜馆、中餐馆、西餐厅、小酒吧和星巴克。对于年轻人来说，北城天街是他们享受生活的天堂；而对于老一辈的人来说，北城天街则是他们认识新重庆的窗口。

重庆到处都有滨江路，南滨路是最漂亮的一条。南滨路曾经号称"重庆外滩"，自有它的独特优势，是重庆人最引以为荣的露天餐厅。

另类通道——轻轨。这个长达 14.35 公里的中国第一条跨座式单轨交通系统，大部分轨道架在空中，一部分又像地铁轨道一样钻入地下，独具山城特色。每当走在滨江路上，或者乘车经过城区主干道时，经常会遇到漂亮的轻轨火车呼啸着从头上穿过，顷刻间又钻入地下，那种感觉很神奇又很魔幻。

对于索道和电梯，前者应该用于旅游，后者用于建筑运输，只有在重庆，它们被用于了交通。国内第一条跨江公共客运索道——嘉陵江客运索道至今已有 23 年的历史，该索道起于渝中区的沧白路，横跨嘉陵江至江北区的金沙街，不知缓解了多少重庆人上下班挤轮渡之苦。

凯旋路公共客运电梯建成于 1986 年，高 43.5 米，设有两个车厢，每厢载客 21 人，从储奇门通向解放碑，把人们从古城门那一大坡台阶中解救了出来。时光荏苒，凯旋路电梯已经很陈旧了，但它所发挥的作用却丝毫未减。

由两路口客运缆车改造的皇冠大扶梯建成于 1996 年，全长 112 米，上下并行。一般只有在商场才可以看到的电动扶梯，在重庆竟然也作为上下半城的交通工具，自从 1996 年建成以后，从火车站到两路口就方便多了。

重庆是中国唯一的、真正的"桥都"。重庆主城区的跨江大桥数量和密度远远超过其他城市，形成了完整畅通的交通网络，堪称"桥梁之都"。而且，重庆的桥梁形态多样，斜拉桥、吊桥、连续梁桥、拱桥、T 型钢构桥等桥型无不具备。

重庆女人的美还源于自信、大方和火辣辣的性格。她们张扬着桀骜不驯的个性。见到重庆美女的男人，总会有上辈子就被她们征服了的感觉，她们大都爱恨分明，绝不含糊。重庆女人很少管制丈夫，总给男人足够的面子和自由，并鼓励男人走南闯北去做英雄。正是因为重庆女人的这种宽容、能干和对真汉子的崇拜，才造就了重庆男人爱拼、粗犷、潇洒和义气的品质。

重庆是座不夜城，这话并没有夸张。因为一个充满激情的城市，不会缺乏活力四射的夜晚。唱卡拉 OK、大排档的夜宵……激情过后的明天是否疲惫，精力充沛的重庆人并不担心。重庆的酒吧自有它的特色，有的虽然是弹丸之地，竟集中了数十家酒吧、俱乐部、KTV，其火爆程度令人瞠目结舌。

重庆火锅具有强烈的感官诱惑优势和品位特征，并成为一种文化现象。重庆火锅的调制方法和风味十分独特和诱人，你一旦沾上了重庆火锅，往往就会割舍不下甚至成为它的"信徒"，在阵阵汗流里，越吃越感到有滋有味，直至通体舒坦、神清气爽。

昔日的老重庆火锅店内，特制高大的桌凳，铁铜质地的锅下，炭火熊熊，锅里汤汁翻滚，食客居高临下，虎视眈眈地盯着锅中的菜品，举杯挥箸。尤其盛夏临锅，在炉火熏烤中汗流浃背，吃得起劲时脱掉上衣赤膊上阵。重庆人吃火锅的豪放与气吞山河之势是其他地区无法相比的，这正是巴渝饮食文化的体现，是古老巴渝人勇武豪放性格和饮食文化心理的表现。重庆本地人说："每当赤日炎炎，大地如焚，滴汗成雨，吞酒欲燃，沧海横流，方显出英雄本色；围炉涮锅，才正是巴人之性。"

对于重庆人而言，无论离家多远，事业多成功，兜里多有钱，心中牵挂的，仍然是老家楼下那一家有浓浓的牛油香味的火锅店。一般的市民就算离开重庆几天，回来也必然嚷嚷着"吃火锅"。也许对于重庆人而言，火锅已不单是特色也不仅是名片，它早已融进山城柴米油盐的生活当中，入骨入髓。

选自《读者·乡土人文版》2006.11

廊桥不再遗梦

李继勇

廊桥，散发着迷人的魅力，浸透出古朴的情韵，风姿绰约的清丽给人以沧桑厚重之感，更似处于世外桃源。

廊桥，从历史的风雨中走来，依然散发着迷人的魅力，其风姿绰约的清丽中多了几分沧桑的厚重。廊桥，倒映在粼粼清波之上，浸透出最古朴的情韵，彩虹般高挂在青山秀水之间，似乎能把人引向世外桃源。对于看惯了钢筋水泥建筑的人来说，面对廊桥，才会知道建筑也是有生命的。泰顺有"浙南桥梁博物馆"之称，境内有包括木拱廊桥、石拱廊桥和水平廊桥在内的明清廊桥 30 多座；寿宁有"中国贯木拱廊桥之乡"之誉。

寻找那遗落大地的彩虹

在去泰顺的路上，汽车在青翠欲滴的崇山峻岭中盘旋得让人头晕，纵横的溪流掠过车窗，又令人眼花缭乱。这时，我对这里为何多廊桥似乎找到了自己的解释——如果没有了廊桥，青山绿水该是多么的隔绝，多么的寂寞啊。

我们没有到泰顺的县城罗阳镇去，而是在三魁镇就下车了。一下车就直奔镇上的薛宅桥。横跨锦溪的薛宅桥虽说木质都呈灰色，但此桥长而斜度大，桥头坡度 30 度，看起来很威武。踏上青石铺就的阶梯走过拱桥，这才发现桥的坡度令人吃惊，隐隐便感觉到了这座桥一百多年来负重的力量。

到泗溪古镇，便体验到了世外桃源的风情。这里青山环绕，溪流浪濑，置身其间，犹如步入一幅乡土画卷。号称"姐妹桥"的北涧桥、溪东桥是这乡土画卷中点睛的一笔。北涧桥横跨北溪之上，造型古朴别致，优美但不失刚健，远远望去，让人觉得它不仅仅是一座桥，而是上苍遗落人间的彩练，眼前不由得一亮，很能让人产生一种融入其中的感觉，走在桥上桥下，仿佛自己早已在这里生活了几百年，或是桥头浣衣的少女，或是牵牛走过桥头石街的牧童，或是提着供笼靠着桥头沉浸在回忆中的老人……要不然怎么会有种似曾相识之感，这桥肯定在自己关于故乡的梦境中出现过。廊桥是一个适合发呆的地方，听着桥下溪水流去，在桥上望着远方出神，依稀便觉得走千山涉万水，只为到廊桥来寻找那个遮风挡雨的屋檐。

北涧桥桥头有两棵树龄过千年的大樟树，古树虬枝悬空，似守护古桥的蛟龙，将桥衬得更加美轮美奂。而且，据现代建筑专家考证，树的虬根牢牢抓住桥基周围的土石，起到了加固水土的作用。

离北涧桥不远的东溪上游，还有一座与其并称"姐妹桥"的溪东桥。溪东桥的周边环境不如北涧桥，造型颇似北涧桥。此桥修建者是修北涧桥的人的徒弟，故而有人也将这两座桥称为"师徒桥"。溪东桥在造型上与北涧桥颇为相似，不过其外观更为美观，重檐翘角，颇有深宅大院的气势。在溪东桥上，很意外地看到了两顶帐篷，让我羡慕了好久。对于久居都市的人来说，能在这里过上一夜，独享廊桥的古朴与纯净，真是人生一大快事。虽不能夜宿廊桥，我还是决定在泗溪住下，以便一早起来看晨曦中的廊桥。

去筱村的目的是看文兴桥和文重桥。文兴桥就在离公路不远的坑边村旁，这座桥另类之处在于它的中间部分是倾斜的，而两边的河岸高度相等，桥上的建筑也不歪斜，只能说桥在建设的时候就是倾斜的。传说这座桥当年是请了两位工匠修的，两位工匠互不服气，各按自己的主意分头从两岸建起，接会的时候才发现两边的高度不一样，只好把中间部分建成倾斜的。文重桥是一座伸臂梁木平廊桥，桥身没有圆拱，但其顶为重檐歇山顶，很别致，值得一看。

到洲岭乡是为了看毓文桥和三条桥。毓文桥两边没有被木板封死，而是花格木雕，廊桥顶上装饰着塔尖，显得很秀气。三条桥是泰顺历史最久远的木拱廊桥，自然不能错过。三条桥是一座线条简洁的桥，两岸青山列，碧水桥下流，风光秀美宜人。三条桥在清朝重修时发现过唐代的瓦片，后来又在屋檐上发现了宋绍兴年间的瓦片。因此有人推测三条桥最早可能建于唐代，那么泰顺的木拱桥就有可能是北宋画家张择端收入到后来蜚声四海的《清明上河图》中的虹桥。如果真是那早已销声匿迹的虹桥，就太激动人心了。三条桥的风雨板上有首佚名的词："常忆五月，与君依依解笑趣。山青水碧，人面何处去？人自多情，吟吟水边立。千万缕，溪水难寄，任是东流去。"在古老的廊桥上，念着这首词，仿佛读到一个缥缈凄美的爱情故事。

因美国那部名为《廊桥遗梦》的小说和电影，廊桥在许多人心目中成了浪漫的代名词。面对北涧桥，我无法揣测，小说作者或电影导演如果有幸来到这里，不知他们还将为这些桥演绎出什么样的纯美浪漫的故事。

仕阳没有廊桥，但有碇埠。碇埠是一种代替桥的路，就是把石板均匀插在溪河里供人行走。仕阳溪东村的仕水碇埠有233步，平行分高低两级，可供二人并排行走，别有一番原始的风味。只是刚开始由于不习惯，与其说是在走，还不如说是在碇埠上跳来蹦去，惹来在石板上健步如飞的孩子们阵阵笑声。将碇埠与廊桥一对比，对廊桥的理解也就更深刻些了。返回三魁途经雪溪时，顺便下车去看了胡氏大院，也就一个有些年头的老宅子，如果说有点意思的话，就是这个老宅子不是被当作文物供起来，而是住着人，正巧在办寿宴，热闹非凡，与孩子们一阵逗笑，算是不虚此行了。

离开泰顺前，去看了登云桥，桥保护得不好，桥上堆满垃圾，让人心痛。次日前往寿宁，在车上仍为登云桥的遭遇而快快不乐。

浙西南以泰顺为代表的廊桥已是名声远扬，而无论从数量还是从质量来说，都不比泰顺廊桥逊色的闽东廊桥，却藏在深山无人识，任风吹雨打容颜老去。寿宁是闽东木拱廊桥比较集中的县，寿宁的游客比泰顺少得多，这里的廊桥也更为原生态。

寿宁县城里的几座廊桥，没有如织的游人，让人能细细品味廊桥遗韵；不是旅游景点，也就多了几分原汁原味。仙宫桥就在汽车站附近，桥上有很多人在打牌，很是热闹，而烧香拜佛老人的虔诚丝毫不因嘈杂而打折扣。到了晚上，仙宫桥被装点得流光溢彩，倒映河面，非常漂亮。升平桥距仙宫桥不远，也是在闹市区。虽说周边的环境已逐渐现代化，但这两座桥依然沉寂，像深居闹市的两位隐士，让喧哗的县城有了几分从容。飞云桥在郊区，桥旁有一座观音阁，每日早晚都能看到有老太太在桥头烧着香向四方祭拜。杨梅桥周边的环境很有乡村情趣，桥没有修葺，没有雕饰，好似迎面扑来的一阵清新的田野之风，让我不忍离去。

犀溪乡的水尾桥是寿宁最有代表性的廊桥，跨度较大，整个桥身都用护板围住，护板上有少量葫芦形的采光孔，桥内便有光线明暗的变化，这与泰顺县境内的廊桥风格不同。

踏上归家的路，一路所见过的廊桥的情景仍在眼前挥之不去。廊桥的美丽，该用心灵的胶片来拍摄。

选自《读者·乡土人文版》2006.08

乐山：守江吃辣"蒸桑拿"

张鑫伟

乐山人老老实实过日子的并不多，或许是因为沿袭古老谋生方式的缘故，此地普通百姓往往乐于当商贾。在有名的乐山大佛附近和奔腾的江流岸边，做大生意的人在这核心地段谈大笔的生意，而卖泥巴花生或柚子的小贩，也用外人难懂的方言和买家侃得不亦乐乎。早在陆运还不发达、舟楫的重要性更为显著时，乐山就是这个样子，如今仍有遗风。

一日四餐江边桑拿大约是商贾之风余韵未消，乐山人不喜欢朝九晚五的刻板生活，喜欢自由支配时间，尤其喜好在夜晚生活娱乐。

到晚上，乐山的大街小巷灯火通明，凌晨三四点依然人声喧哗。与别的城市不同的是，酒吧、迪吧等在不少城市颇受欢迎的行业，在乐山城生存下来的寥寥无几，人们不习惯用这种方式占据夜晚的时间，而喜欢聚集到江岸的众多馆子里大快朵颐。

吃夜宵，成为乐山人生活中不可或缺的一部分，有人戏言：乐山人一日可谓早中晚夜四餐。

青衣江、大渡河、岷江汇流之处，又在乐山大佛附近，这足以说明此处的重要性。乐山的码头处处热闹非凡，江流旁也全是供船夫、商人住宿和打尖的馆子。江流带来的繁荣，一直延续到今日。

如今水运已衰落，但乐山人的生活很难离开汹涌的江流，这导致岸边人头攒动，成为商家的黄金宝地。夜晚行到江边，高大威严的乐山大佛也只朦胧可见，但沿着江岸看去，却是一片耀眼的灯火，宛如长龙一般。这些江边的馆子，上午关门闭户，到傍晚才开业，忙碌到深夜乃至通宵达旦。

靠山吃山，靠水吃水，乐山的江边馆子多卖鲢鱼、江团等，江水出产的鱼肉鲜美，非海鱼所能比。乐山人宴请宾客或与家人聚会，便来江边的馆子品鱼。可惜这种口福不是天天能有，更多的时候，人们还是待在不起眼的水边小店，围着热腾腾的锅吃"麻辣烫"。

这种地方特色的东西在川内流传甚广，面目也变得大相径庭。乐山是源头的吃法，竹签串着雪魔芋、干笋（乐山和峨眉山一带的土产）等，放进滚烫香辣的药材汁中烫熟，配上花生末、芝麻末、辣椒、花椒等配制成的蘸料食用，果然如其名，又麻又辣又烫。在江边吃"麻辣烫"可谓冰火两重天，嘴巴红肿，汗水淋漓而下，燥热不已，但阴凉的江风涤荡而来，让人一冷，汗水顿消，然后继续新一轮的"战斗"。汗水收了又流，流了又收，效果等同桑拿。

诗意垂钓惊险漂江关于江水与生活的融合，最诗意的莫过于垂钓。乐山人受江水滋养，爱钓鱼是再自然不过的事。以往披着满天星斗驾渔船撒网的事，已经看不见了，但江边坐在板凳上纹丝不动的垂钓者一字儿排开的场景，依然可见，并蔚为壮观。

无论是披着蓑衣、戴着斗笠的复古式钓者，还是一身休闲服、戴白色渔帽的时尚式钓者，都一脸严肃，不苟言笑，偶尔交流一下心得，也压低声音，怕惊扰水中的鱼儿。估计岸边餐馆里的鱼，就有一部分来自他们的鱼篓。

最让人惊叹的也最具创意的事，发生在两年前。乐山城里有几个发烧级垂钓者，把四个最大的汽油桶焊接在一起，再把轮胎等捆绑在上面，成为一只最简陋的小船。几个人坐此小船漂荡在江水中，一边努力保持着身体的平衡，一边津津有味地钓鱼，引来众人围观，后因过于危险被别人劝阻。此事虽是个例，但乐山人的好钓由此可见一斑。

夏季来临时，游泳自然也是市民的生活乐趣之一。在乐山人看来，横渡江流并不算能人，要手拿衣服，从容踩水过江而衣服不湿，才算有真本事。水边城市里的人爱游泳，其实算不上什么特色，但乐山还有一个刺激的群众项目，为别处所没有。

上游有一处老渡口，名为铁流门，乐山人中的胆大者，常常聚集在此，无论老幼男女，要么拿个汽车轮胎，要么穿件救生衣，一个接一个往水里跳，任由湍急的流水把人冲上冲下，甚至卷到漩涡底再冲起来，一直漂到接近三江汇流处的另一个渡口，方才上岸。胆小的人只有看看热闹，一边沿着岸跑，一边为水里人偶尔身处险境而发出声声惊呼。这种惊险刺激的游戏，名曰"漂江"。

洪水当前处之泰然在江边的休闲生活中，乐山人聚在一起吹牛、打麻将，几乎不考虑环境的因素。

每到天气炎热，需要江风凉快一下的时候，乐山大佛一带全是密密麻麻的人和桌子，江边的铺子近水楼台先得月，全部满座。

处于江中的太阳岛，更是必争之地。人们拥挤着上了大渡轮，在低沉的鸣笛声中过江，登岛游乐。

在早一些的年头里，乐山大佛的保护还没有今天这么严密，大佛的脚底下站满了人，从大佛依靠的山上栈道看下去，人群如同一群小蚂蚁，可用"惊人"来形容。

更有人在大佛巨大的脚拇趾趾甲上摆开桌子，鏖战麻将。另一些胆大的人，更是爬到大佛耳朵边的排水洞中纳凉。

后来大佛修缮，并被保护起来，才避免成为人们的嬉戏场所。

即便如此，乐山人胆大到近乎疯狂的做法，还没有完结。或许是有了江水的秉性，乐山人无论是处于风平浪静还是巨浪滔天的环境中，都处之泰然，似乎水与他们已有默契，不会给人们带来灾难。

在山洪暴发时，江水暴涨，已经过了防洪的堤坝，若在其他临水城市，怕已经慌乱起来，至少人们不会冒着危险去水边。但乐山江边的店铺如往常一样营业，老板站在水中招呼客人，而人们也穿着拖鞋，在水中摆开桌子板凳，喝茶、吃饭、聊天。

他们的身旁就有汹涌的大浪咆哮而过，人们却面不改色心不跳，该干什么干什么，这场面足以让外地游客瞠目结舌了。

选自《读者·乡土人文版》2009.06

能不忆江南

宁默

融情入景，景中有情，景极妍美，情极深旷。江南的景物，无不让人心动。

深巷

深巷窄而长，幽幽的黑，仿佛能通向时光深处。即使炎夏的正午，走进去也是通体凉爽。

那时候，江南的深巷是热闹的，也是静谧的。贩夫在深巷里叫卖脂粉、鲜花、热粥，还有香软的豆花。从早到晚，巷子有多长，他们的叫卖声便有多长。巷子中的每个门里都有一个跟深巷一样悠长的故事，故事中总是少不了一个多情的女子，深巷因此多了一份情致，连穿过深巷的风都氤氲了女子的香气。

文章中多喜欢将江南比作女子，倘若依此惯例，江南一定是这样两位女子：一个端庄文秀，一个机灵慧黠；一个多愁善感，一个活泼可人。不管少了谁，江南都不完整。

可如今，再到哪里去找当年的热闹和静谧呢？巷子老了，岁月的影子沉积得深了，人便离散了。恰如老树，枝残叶落，鸟雀另迁……诗人的笔下，小巷与丁香般的女子和油纸伞结了缘，丁香雨巷，一时成了江南的代名词。但这终究是纸上诗意的小巷，是情调里的小巷。而现实的小巷只有泥灰斑驳的墙，深黑油亮的门，还有如诗人的长短句一般的青石板路，引你一路吟向它的纵深处。倘若从某扇半掩的门后踱出一位老人，你不妨上前问："请你告诉我，这深巷究竟始于哪个年代？"

曲桥

过去的江南人，大概极喜欢以繁丽和曲折为美。江南人的巧思，也体现在桥面的设计上，有在栏杆上雕花镂兽的，也有在桥上建水榭凉亭的。小小的一座桥，便有了借景生情的空间，无论什么人在那桥上的小亭子里款款一站，就成了明清小说的开头诗。倘若懂得手扶栏杆，双眸远眺，便是宋词里的"凭栏"意境了。闲愁千古，水流千古。即使长不过十步的小桥，也要取个好名字，一笔一画地将那个名字镌刻在石板上，或小篆、或隶书、或魏碑，并且施朱染漆，即使只有十步，也要让你走得步步莲花，情韵缭绕。

这样的拱桥在江南人心中，只怕还是平常的、拙朴的，所以，它走不进江南人的后花园。在江南人自家的园子里，就有更加精巧繁丽的曲桥，它们是真正的曲桥，白石的桥身，白石的栏杆，是江南最明亮的景致。转折处，或方直，或柔婉。清水之上，曲桥婉转，使江南的景致更多了三分婉约。走在曲桥之上，步履是轻盈的，心思是悠闲的。仰首是白云流岚，俯身是曲水流觞，两岸晓风杨柳花开花落，水中风荷游鱼来来往往，亮晶晶的时光，就不觉被这曲桥绕了去，日复一日年复一年，青丝变为白发亦无悔。只是一副百转的柔肠，想来，就因这曲桥而生了。

也许是曲桥太具有江南特征了吧，而今的曲桥早游出了后花园，泊向了热闹的去处。曲还是那样的曲，只是桥上的人没有了柔肠，脚步匆促，笑语喧哗。在桥上曲曲折折绕行一回，摆几副姿态，照几张相片，便算是到了江南一回。日后拿出来，指着相片对人家说："江南嘛，就是我身后的曲桥，还有曲桥边的杨柳……"

怎知道，真的江南早已湮灭，只剩字里行间的纸上思量。

青花布

青花布是旧时江南女子贴身贴心的伴儿，青花布肚兜、青花布斜襟大褂、青花布围裙，还有头上的青花布头巾，从纺纱、织布到印染、裁剪，再到缝制，每一件都浸润着她们的芳泽。这种深蓝的印花布在当时的江南，算是考究的布料，缝制成的衣物也是有身份的人穿的。

我小时候曾见祖母围着青花布围裙，在宽敞而幽暗的厨房里不停地忙碌。屋顶漏下来的光线照在她的围裙上，蓝底白花的布纹清晰可见。那是祖母陪嫁过来的衣服，穿旧了却还舍不得扔，就做成了围裙。到了母亲这一辈，就嫌青花布土气了，可是为了随俗，母亲还是托人做了一条青花布床单。年幼时候，我和弟弟没少睡在上面溺过尿。等我长大了些，床单也破了，母亲把它剪成一块一块的，说将来等我们有了孩子时，给孩子做尿布。

前几年，仿佛一夜春风，忽然冒出了许多水乡古镇，吸引天南地北的人如潮水般涌过去。在曲桥深巷之间，我看见无数如祖母年轻时的女子，一律头戴着青花布头巾，腰系青花布围裙，倘若不开口，还真是有一种江南韵味，一开口，就是"多情却被无情恼"了——她们急于兜售篮子里的各类土特产。

青花布其实是美的，青黑色的背景，上面有一朵朵牡丹、芍药和水莲……它们都有卷曲绵长的对称的枝叶。这样的美，热烈而沉静，有江南特有的阴柔。其实北方也有一种广为人知的花布，底是大红色，花为各色，一大朵一大朵地铺排着，热烈得让人心惊，那是北方女子的本真。从来美有千态，而属于江南的，只是一块青花布。

芦蒿满地

一到开春，水边湿地里便长满了芦蒿。以芦蒿为食，在北魏的《齐民要术》及明代的《本草纲目》中均有记载。我不曾看到野生芦蒿的生长情形，但佩服第一个食芦蒿的人。如果说食螃蟹需要大勇，那么食芦蒿则需要大智，排除中毒的顾虑，想来必是爱它的清幽碧绿。如此，芦蒿的美味才得以流传江南，亘古至今。

江南的美食多不胜数，芦蒿却总能占得头筹。因为食肉啖荤早已被时人所恶，倒愿意寻向乡野村郊，品尝野味，求一个新鲜和营养，芦蒿正是上品。芦蒿的特殊首先在一个"细"字。剥净绿叶，就剩细而直的一茎，颜色青绿，不媚不俗，如江南女子般人见人怜。芦蒿的绿是一种透着江南水汽和灵气的绿，看着让人心疼，恨不得立即捧它在手，呵之护之。芦蒿的清香即使炒熟了也不会退去，细细幽幽的并不浓烈，却能钻入人的腑脏。芦蒿入市，江南妇女爱用篮子盛着，上面撒些水，一篮芦蒿绿意盈盈，水汽涸涸，润泽透明的碧玉茎上银珠滚动，活色生香，加上妇女鹂声叫卖，巧笑倩兮，直勾得人的魂魄都丢了，不得不停下脚步买一把。

汪曾祺说，吃芦蒿的感觉就像是春日里坐在小河边闻到春水初涨的味道，我深以为然。芦蒿清香嫩脆，集江南的水汽与灵气于一身，食之令人气清。最得原味的食用方法是将芦蒿炒了吃，只需一勺油和一撮盐，一盘鲜绿油亮的芦蒿端上桌，江南的春色尽入胸意。若是和入肉丝，芦蒿的清气压住了肉的浊气，肉丝鲜香嫩滑，不觉油腻，观感也好，仿佛小家碧玉和草莽英雄的组合，倒也各得其乐。

黄昏

黄昏时分，日落西山，天灰了，云退了，风停了，深巷幽黑，房舍悄立，正是繁华敛尽之时。天地一静默，便显得空旷，一空旷，人心中的篱墙便水一般倾颓，那些想念、牵挂、忍耐和叹息，再也不受辖制，从眼底心头慢慢地透出，在黄昏的水汽中，如丝线一般摇曳，长长的、悠悠的。

江南多雨，雨水清洗屋瓦檐头，风一吹，便惊起阵阵水雾，白茫茫的，如同刚出岫的轻云，点点滴滴跌落尘埃。青石板上的积水能映出人的身影，看着便有浮世飘零的感觉，一把伞，一囊书，四野茫茫，长歌当哭。正在顾影自怜时，那边早已有人目睹了你的愣怔。在门口或房檐底下，常常坐着清闲无事之人，一边说着闲话，一边看着路上人来人往，无论相熟不相熟，一定要有声招呼，有张笑脸。他们会对你说："雨里阴气重，来坐一坐，沏碗热茶你喝……"如此，心事一波三折，最终还是折向人间情意。

黄昏落雨，人不便出门，高低错落的房舍里照样是一派安详。不出门的丈夫，有机会为微恙的妻子下厨房，煮一碗浓姜茶，袅袅的热气飘浮在雨里，久久不散。

倘若不下雨，江南的黄昏除三两声蛙鸣之外，便是呼儿唤母的声音。在外贪玩的孩童，田地里辛劳的父母，闻声便都在桥下的河水里洗净了手脚，坦然朝家踱去。呼唤声便渐渐息了，夜色更重。

诗中说："日出江花红胜火，春来江水绿如蓝。"目睹景物，总觉得是千姿百态，所以记忆里的江南，一半是阳光，一半是黄昏雨。

选自《读者·乡土人文版》2006.12

宁夏的颜色

贾梦玮

去宁夏正是夏天。夏天是各种颜色都成熟了的季节，绿的更绿，蓝的更蓝，黄的更黄，水就更水……我因此能充分领略宁夏的颜色，品尝宁夏成熟了的果子。

水也许是因为生活在长江边上的缘故，我从来就没有切身感觉到水的珍贵。这次到了西北，我才知道了水的意义——因为短缺，才实显出它的意义。其实无论在何地，水对人的意义都是一样的。但人只有到了什么东西短缺的时候，才能真正感觉到它的可贵。这是人的劣根性，不关水的事。

在宁夏，水有两种颜色：黄河里的水是黄颜色的，我们乘浑脱（羊皮筏子）在黄河上漂流，满眼都是浑浊的黄色；等进入了宁夏网状的沟渠，它才像南方的水，亮亮汪汪的，滋养着各种各样的植物，看起来比在黄河里有营养多了——植物大概也和人一样，喜欢喝清水。

在沙湖，可能是湖水较深，水中有一丛丛芦苇，水下有鱼有虾的缘故，水竟然是黑森森的，这是水的更肥沃的颜色。沙湖紧挨着沙漠（故称沙湖），虽然沙漠的面积远远大于沙湖的面积，但我分明感觉到不是湖依偎在沙漠的怀中，而是沙漠依偎在湖的怀中，因为是水滋养沙漠而不是相反。这也是合情合理的，孩子需要母亲的抚养，所以，孩子依偎在母亲的怀中。

黄有一种颜色在宁夏是生长的，这就是土黄色。土黄色也是宁夏的底色，黄的贺兰山，黄的西夏王陵，黄的沙漠。西海固干黄的泥土，我这个南方人怎么也感觉不出它是泥土，分明是木屑堆积而成；而沙漠里的沙子分明是炒过的木屑，一点火就着的。但因为黄河水，黄色发芽了，生长了，长成了宁夏这块大西北的绿洲。

光有水当然不行，在瓦蓝瓦蓝的天空上，宁夏的太阳特别的金黄。

绿走在林荫道上，走在阡陌田野中，我仿佛又回到了江南。这里，绿色的稻田，绿色的树木，绿色的玉米……跟江南毫无两样。"塞上江南"，果然名不虚传。因为多了，我对宁夏的绿色又有点麻木了。惊诧于宁夏的绿色，是在腾格里沙漠。

第一次见到沙漠，心里交织着惊异、恐惧与兴奋。脱了鞋与同伴比赛爬沙丘，不一会儿，双脚就烫得受不了了——沙子吸了太阳的热，烫得不行。慌慌张张地坐下来穿鞋，忽然间，看到脚边的沙坡上竟然长着一株小草，高只有寸许，四瓣叶，翠绿翠绿的。

真难以想象，这烫得不能站脚的沙漠如何能长出这等绿色！这新鲜的嫩绿，无比柔弱又无比坚强。

宁夏的颜色要集中地看，看油画般的宁夏，最好的去处是沙坡头。沙坡头地处中卫县，曾是古丝绸之路的重要通道。蓝色的天空下，雄秀的高山、奔流的黄河、广袤的平原、无际的沙漠、蜿蜒的铁道和长城并列在一起，赤橙黄绿，非高明的画家不能表现。

但是我依然不满足。我一直在想象着消逝了的宁夏的前身——西夏的颜色，走在银川的大街上，我一直在用心寻找着西夏人的气质和表情。从这些骑自行车、坐汽车的现代人身上，我似乎真的隐隐约约看见了西夏，那个曾经创造出灿烂文明的西夏，那西夏的男人和女人……但历史却在西夏这里断裂。元人托克托主修了《宋史》《辽史》《金史》，唯独没有为西夏编修专史。《二十四史》里也独缺这一章。我只能从西夏博物馆所藏的文物中去想象西夏，想象西夏的色彩了。据有限的资料考证，西夏时的贺兰山是披青挂绿、水草丰美的。也许，那些只能想象而无法确证的梦中的颜色，才是最美的吧。

选自《读者·乡土人文版》2009.09

弄堂——江南褪色的表情

南湖

可以说，弄堂就是江南的命脉。从高空俯瞰这些间隔交错在现代建筑与老宅之间，或小桥、堤岸、水阁之间的弄堂，就像是一条纵横交织的记忆之线，把江南的昨天、今天都编织在了它的经纬之间。

江南弄堂给人的感觉，就好像是一支深锁在江南烟雨中的洞箫。春去秋来，忧愁彷徨以及旧梦与往事，似乎是它恒久不变的主旋律。所谓"宅弄深处，曲径通幽，不知深几许，行至尽头，豁然开朗，别有新洞天"说的其实只是一种境界。这种境界对生活在弄堂里的人来说，就是他们最普通的生存空间，但对整个江南文化来讲，却是最根本最重要的组成部分之一。

弄堂里的市井图画在长弄堂里生活过的人们，无论如何也不会忘记那拂弄衣角的弄堂风、清凉可口的石井水以及家家户户搬出小竹椅乘凉的热闹。

黎里（浙沪交界处的古镇）的弄堂之多、结构之奇，为古镇一大特色。全镇有各式弄堂85条，这里的弄堂最大的特点是错综复杂的双弄和弄中弄。双弄一般明暗并排，明弄直通街市，暗弄依附在明弄侧旁的内宅弄；弄中弄则是宅弄中繁衍出来的，比如，两户人家之间的宅弄，延伸到某一家门前时，突然又出现了另一条小弄，此弄就叫"弄中弄"。由于弄弄交错，使得弄堂里的空间非常狭窄，建筑物一家紧挨一家，因此房前屋后的弄堂便成了生活在此的人们唯一可以享用的空间了。如此一来，人们在弄堂里的交际机会就增多了，邻里之间也变得亲密无间。

因为都是老宅，没有卫生设施，每天清晨，人们倒马桶的"哗啦"声与咳嗽声、洗漱声，夹杂着暄软的话语以及小贩的叫卖声，总会准时把我从梦中唤醒。因为还是早春，天气尚凉，我常跟着弄堂里的老年男人们一起，端着椅子和茶壶出现在能晒到太阳的地方，跟他们聊天，听他们讲弄堂里的生活。这时，老太太们和闲在家的妇女们也会来到阳光底下，在两棵树之间拉上一根塑料绳，然后把一家人的被子、褥子统统拿出来晾晒。阳光一照，再经风一吹，空气中弥漫着一股樟脑香与新洗的衣服中洗衣粉的味道。而 10 点一过，主妇们便都急匆匆地往自家厨房而去。不用一会儿的工夫，饭香、油烟味就从弄堂里的每一个窗口飘溢而出。

当最后一缕炊烟消失在弄堂尽头的时候，也就是弄堂最热闹的时候。放学回家的孩子们、下班的男女，以及趁机来推销他们手中剩余物品的小贩们，便纷纷涌向弄堂。此时拥挤在弄堂里的人们，没有一个是直行的，几乎所有的人都是侧身而进。而唠叨在每个人嘴边的话，却只有一句："帮帮忙。"对于生活在弄堂里的人来说，黄昏的喧闹、拥挤和侧行的尴尬都是暂时的，随之而来的锅碗瓢盆的碰撞声才是弄堂真正的高潮所在。忙碌了一整天的上班族们也会借这个机会端着饭碗往弄堂而去，或彼此发发牢骚，或交流一下这一整天来发生在自己周围的一些事件、新闻。仿佛唯有那样，自己的饭才能吃得香、咽得舒坦似的。这就是弄堂特有的随意、融洽和友善。

最温暖的两件"古董"

说起江南的老弄堂，有两件"古董"是不能不提的。它们曾经是弄堂里最常见的风景，即茶馆和老虎灶。

天刚蒙蒙亮，弄堂里的晨雾还未散尽，赶早的茶客们已纷纷涌向这里。

"两头茶水，当中湖水"是江南许多地方延续了几百年的习俗。"当中湖水"，是指人们在湖上运行、劳作。而所谓的"两头茶水"，就是指早晨、晚上喝茶，早晨的茶则又要比晚上的茶重要许多。因此，早晨是茶馆生意最好的时候。茶馆内外人声喧闹，热气、水汽蒸腾，茶客嘴里吐出来的烟雾，将整个茶馆上下弥漫得一片朦胧。

而茶馆门口通常都设有老虎灶，全天烧着沸腾的开水。对于在弄堂里生活过的人来说，老虎灶有他们最温暖的回忆。

记得在小时候，我经常会受母亲使唤，提着个竹壳热水瓶去家对面的老虎灶泡开水。不少老虎灶除供应开水外，还摆着一些桌椅，供茶客和前来买水的人们歇脚休息、喝茶聊天。特别是在冬天，待在老虎灶的旁边喝喝茶，吃点糕点水果，听听评弹、戏曲或看看报纸下下棋，那种暖暖的感觉，浓浓的水乡韵味，真的无法用言语来表达。

随着供水系统的不断完善，老虎灶的使用逐年降低，如今，这种曾伴随江南人近百年的老物件，在我们的生活中已彻底消失，那样的生活情趣也一去不返了。

弄堂是江南抹不去的一个胎记。如果说江南的老弄堂延伸的是一份昨天的记忆的话，那么当一条条老弄堂从人们视线中消失殆尽时，记忆是否也会消失？

梅雨季节的上海老城厢处在一片灰蒙之中。当我在人民路口的一家小吃店与"老爷叔"——80多岁的曹大爷相遇时，他开口说的第一句话就是"上海的老弄堂要消失了"，说完，他就把一本画册递给了我。这是一本由他画的老城厢弄堂市井图，画中的弄堂曲折、绵延，就像是一段剪不断理还乱的记忆。曹大爷自上个世纪20年代起，就一直住在南市区这个"下只角"里，区内弄堂纵横交错，石库门、亭子间、贫民窟成片，小商小贩成群。

"每每看到一条条耳熟能详的弄堂从我的眼皮底下消失的时候，我真的很痛心……"言谈之中，只要涉及到跟弄堂有关的往事、传说，曹大爷的目光中就会透出一种很特别的光泽。对于一个在弄堂内生活了80多年的老上海来说，弄堂消失的不仅是他生活的一个空间和建筑形式，真正消失的还有许多其他的东西，如街坊邻里的那种守望相助的生活习惯，以及弥漫在这空间的那份暖暖的生活情趣。

从老城厢出来，夕阳已经微斜。行走在淮海路繁华的街头，心情却似压抑在高楼大厦阴影里的老弄堂一样，郁闷而烦躁。不管柏油马路怎样宽阔、平坦，始终无法理清的是处于理想与现实夹缝中的那份思绪。肯德基、麦当劳来了，茶叶蛋、梨膏糖、五香豆却鲜为人知了；现代化的高楼大厦耸立起来了，但曾经的那个"72家房客"以及老弄堂的生活却遁影了；柏油马路、绿化带建成了，而一些老弄堂、老虎灶却作为资料永远地躲在了图书馆。

站在那些日渐稀少的老弄堂口看弄堂，感觉它就像一位经世的岁月老人，每天习惯地迈着它那恒久不变的步伐，默默地守候着那方并不宽敞的天地。中庸是它不变的思想，世故是它逐渐浑浊的目光，凝固在那条石板路上的就是它习以为常的市井道德观，虽然它从头到脚没有任何的张扬和激进，胸襟也并不宽阔，但一贯到底最终天宽地明的生命理念，却是任何通衢大道都无法比拟的。

又是一个能渲染出《雨巷》诗意的季节，虽然，你不知道幽深绵延的弄堂到底有多深，是否别有洞天，但只要你走进去，你就会感受到，这里有江南人最最朴实的灵魂。

选自《读者·乡土人文版》2008.10

绍兴：静听故乡"呐喊"

方秀华

走进绍兴，就是走进了江南，就是走进了小桥、走进了流水，就是走进了温柔、走进了梦境。

"悠悠鉴湖水，浓浓古越情。"绍兴的山，绍兴的水，绍兴的乌篷船、乌毡帽、乌干菜、女儿红，我只在鲁迅的笔下邂逅。

相传大禹治水时曾两次躬临绍兴，治理了水患，故至今此地尚存禹陵胜迹。春秋战国时，越王勾践建都绍兴，卧薪尝胆，"越池"一度成为我国东部的政治文化中心。

当我踏上绍兴的土地，才真正体会到，水是绍兴的魂，水是绍兴的根。漫步在绍兴街头，我看到，整个城市城水相依，城环水，水绕城。城中不仅有南池、吴塘、苦竹塘等诸多湖泊，还有明代所建的芝塘湖，东汉所筑的回涌湖。东湖，洞桥相映，水碧于天；五泄溪，飞流成瀑，落地似银。城内溪流交错，碧波荡漾，轻舟穿梭。

城中河上的戏台更是绍兴一大风景。水乡戏台，大都构筑在土地庙之类寺庙前的河上，故称"河台"或"万年台"。

鲁迅在《社戏》中写道："一出门，便望见月下的平桥内泊着一只白篷的航船，大家跳下船，双喜拔前篙，阿发拔后篙，年幼的都陪我坐在舱中，较大的聚在船尾。""两岸的豆麦和河底的水草所散发出来的清香，夹杂在水汽中扑面吹来，月色便朦胧在这水汽里。""他们换了四回手，渐望见依稀的赵庄，而且似乎听到歌吹了，还有几点渔火，料想便是戏台，但或者也许是渔火。"寥寥数笔，道出了绍兴人、城、水、船、戏融为一体的情景。

绍兴是水乡，更是酒乡。绍兴的山有酒缸山，河有投醪河，溪有陈酿埭，桥有酒务桥。在绍兴，无论你泛舟小溪上，还是漫步小桥边，你都会看到，两边到处都是风格各异的酒店、酒楼、酒幌。加饭、元红、善酿、香雪等著名品牌的酒类广告比比皆是，大街小巷无不浸透着浓浓的酒意和醇醇的酒香。

来到绍兴，虽不会喝酒，但咸亨酒店是一定要去的，这是来自鲁迅笔下绍兴老酒和孔乙己的诱惑。据说，咸亨酒店原本是鲁迅的一位远房本家所开的小酒店，鲁迅从小耳闻目睹小酒店的情景，后来把它写入小说中，咸亨酒店也因此驰名中外。

来到咸亨酒店的大多数人可能都一样，绝不是为了单纯满足口福的需要，与其说是为了亲身体验一下鲁迅笔下的孔乙己们、阿Q们的生活情趣，不如说是对鲁迅先生的崇敬和怀念。酒店门前是一尊穿着长衫的孔乙己塑像，酒店东侧悬着一个大大的"酒"字，中间是"咸亨酒店"四个金字。咸亨酒店的前厅是三开间平屋，西侧摆着曲尺形柜台，柜台上摆放着豆腐干、烩鸡蛋、茴香豆、熟蟹和各种肉类菜肴。东侧与中厅相连成大堂，堂内酒座均为长约三尺、宽约二尺的条桌，每桌配两条长凳，桌凳一式漆成荠色。穿过店堂圆洞门，经青石板天井，另有"咸亨楼"小楼一幢，设十余间雅室，典雅不俗。只是那酒店的主人不再是戴着老花镜和乌毡帽的掌柜，那酒客也不再是穿着长衫站着喝酒的孔乙己和短衫帮了，而大都是或千里迢迢或不远万里寻觅来到这里的国内外游客和一些本乡本土的绍兴人。

　　我找了一个不显眼的地方坐下来，要了一杯绍兴老酒，一碟茴香豆，一碟三味臭豆腐，惬意地品尝起来。绍兴的黄酒色如琥珀，轻轻一晃，散发出诱人的幽香；喝上一口，猛烈、醇厚、甘甜的酒香迅速地在体内扩散开来，把我的五脏六腑彻底地浸透了。嚼一粒茴香豆，品一口三味臭豆腐，再喝上一口老黄酒……

　　醉就醉吧，为幽香的黄藤酒而醉；为鲁迅先生《鲁镇》《S 城》《故乡》中一幅幅鲜明的酒乡风情图而醉；为王羲之酒后所书的《兰亭集序》而醉；为王安石这位严肃的官僚学者偶有"若耶溪上踏莓苔，兴罢张帆载酒回"的放浪而醉；为徐渭的半生落魄，聊以书画换酒，但愿长醉不愿醒的性格而醉；为陆游"船头一束书，船后一壶酒"的潇洒，"莫笑农家腊酒浑""把酒话桑麻"的恬静和《钗头凤》的悲凉而醉；更为孔乙己时常夹着伤痕的皱纹而醉！

选自《读者·乡土人文版》2011.07

束河：茶马古道上的一颗遗珠

沈嘉禄

古老而沧桑的小镇镌刻着亘古的往事，摒弃了喧嚣和物欲，独留淡泊和平静……

与丽江的喧嚣相比，束河就显得很宁静，如同一个刚刚睡醒的村姑，身材虽然不那么苗条，但对镜梳妆的姿势倒也有几分动人。在温差比较大的高原深秋季节，强烈的光线，不由分说地刻勒出它的轮廓。

从丽江坐出租车，直上香格里拉大道，在银装素裹的玉龙雪山下绕半个圈子，往左一拐，就到束河了。

两年前到丽江，就听说束河古镇还处于农耕经济的原生状态，不像丽江那样已遭到现代文明的冲击，我心头当即一热，但最终没有成行。这次重访丽江，无论如何要与这个还不大为人熟知的古镇来一次亲密接触。

古镇的兴起得益于茶马古道

早晨的金色阳光慷慨地播洒在小镇上，五花石铺就的道路反射出刺目的光芒，银杏树颤动着金箔似的颜色，河道里的急流在深处沉淀着湛蓝，并在浅处遭遇石头的阻挡，翻滚出一排排银色的浪花。纳西族的老太太们一身"披星戴月"的传统装束，背着竹篓，三五成群地走在石板路上，脸上深深的皱纹里流淌着小镇的岁月。她们向前来打扰小镇的游客投去恬然的一瞥，带叶的白萝卜从竹篓里探出身子，好像在与游客打招呼。

而在小街的背阴面，沉郁的墨色中其实有着丰富的层次，只能用心去细细观察。那里有摩梭织女指间跳跃的经纬，有纳西银匠师傅手工錾出的银镯花纹，有皮匠师傅手中锥子的快速穿梭，有小吃摊铁锅里的"甩手粑粑"和"土豆丝饼"滋出的油泡，还有古旧的雕花供桌上匍匐着的一只懒洋洋的小花猫……

因为小山上有一个九鼎龙潭，也叫"龙泉"，束河于是获得了一个别名——"龙泉村"。它是纳西族先民在丽江坝子中最早的聚居点之一，也是木氏土司的发祥地。木氏土司是明代初期的纳西族部落首领，他为边疆的稳定繁荣和文化交融作出了卓越的贡献。如果你听过宣科的纳西古乐，看过白沙古村大宝积宫内三教合一的壁画，参观过丽江城内的木氏土司故居，就会同意我的看法。

然而，束河古镇的兴起却得益于唐代开通的茶马古道。可以想象，在大开大合的流金岁月，一支支庞大的马队在这条闻名于世的交通要道上缓慢前行，他们在铃铛声中从滇南的西双版纳开拔，经过丽江，然后在束河这个重要的驿站歇歇脚，再经大理、迪庆一路逶迤到达拉萨，或者在那里稍做休整后，穿越边境到达尼泊尔和印度。

作为茶马古道上的一颗明珠，小小的束河镇在距起点不远的地方谦逊并带点敬畏地蹲伏着，以坚硬的石板路和甘洌的清泉，还有娇艳的茶花迎来送往。剽悍的马帮们带去了普洱茶、银器、铜器、皮囊，还有纳西族人、藏族人、苗族人和汉族人的各种歌谣。

老人们告诉我，在古时候，马帮一路辗转到达拉萨，需要半年时间，一路上备尝艰辛，马负人，骡驮物，即使没遭强盗打劫，也要累死几匹壮实的骡马。

在茶马古道上重温当年的情景

我国明代地理学家徐霞客曾在这里留下清晰的履痕，他在记述中简略而形象地写道："过一枯涧石桥，西瞻中海，柳暗波萦，有大聚落临其上，是为十和院。"所谓"十和"，就是束河的古称。现在，我看到的那条枯涧，就在明代万历年间建造的青龙桥下穿过，清溪依然在阳光下闪烁着鱼鳞般的光斑，裸露的大半河床则以银白色的碎石怀念着清泉的滋润。

青龙桥上的石板已经被马帮的马蹄踩踏得高低不平，而且在石缝之间形成了许多小坑，以至于被人用力牵着的老马在下桥时都会踌躇再三。这些聪明的马儿虽然不再千里跋涉，风餐露宿，但它们依然知道，一旦失足就会造成骨折。

束河镇上每天有数十人向游客推销所谓"马帮秀"的骑马节目，在茶马古道上重温当年的情景，当然也算一桩赏心悦目的美事，只是旅游淡季骑马的人不多，小伙子在等候游客的时候，常常耐不住寂寞，两腿一夹策马狂奔一番。顿时，马蹄撞击五花石的清脆蹄声响遍小镇。

当然，除了青龙桥，现在游人能见到的茶马古道大多是新铺成的，只有深入到老镇的中心，在僻静的农舍之间，才能找到它的踪影。道路中央有三排纵向的石条，严严密密地将茶马古道引向故事的终点。我想在古道上捡拾马帮留下的点点蹄印，但是光溜溜的石头已经被岁月磨洗得过于清净了。

据老人们说，束河曾以发达的文化教育和皮革加工、竹编等手工业闻名于世。早在清代乾隆年间，束河就开设了由政府资助的义学馆，还有三所私塾。近代和现代又创办小学和中学，使束河成为远近闻名的人才之乡。在束河的茶马古道博物馆里，我看到这里的皮革业在过去也很发达，鼎盛时有三百多户人家从事皮革制作，因此，束河成了西南地区重要的皮毛集散地，马鞭、皮条索、藏靴、皮鞋、皮囊等各种皮货，通过马帮销到西藏、西昌、青海等藏族地区，甚至远销国外。至今一些老人们还自豪地跟远方的客人说："束河皮匠啊，一根锥子走天下。"

从青龙桥往下走就是束河街了，据说它由土司所建。整条老街是东西走向，背靠聚宝、龙泉、莲花三山，与南北走向的河流形成"井"字状。束河街虽小，却具备了中国村镇的基本特点，街道两边是鳞次栉比的老屋，土墙或石墙在侧光照耀下有浮雕般的感觉，现在老屋大都开了商铺，皮具铺将马鞍架在窗台上，皮货铺将整张的山猫皮或狼皮挂在门口，而每家每店的窗口都会搁一两盆雏菊，像簇拥着一张张顽童的笑脸。店主在店门口劳作，打银器、缝皮具、搞编织……要不就两三人围着烤火，也有吹葫芦丝的，一副悠然自得的神情。我最喜欢一家杂货铺，店主是个清纯的姑娘，会时不时地敲一下铜驼铃，为老街平添了几分空灵的生气。

我买了一副旧马镫，还买了一个铜驼铃。纳西铜匠用手工一锤一锤将一块铜敲成一个半球状，上面穿一条牛皮绳，下面吊一块牦牛骨，敲一下，声音清脆悦耳。

传统结合时尚

在小巷深处，纳西族人宁静的岁月按照数百年前形成的习俗缓缓度过，阳光下的大竹簟上铺着芝麻、菜籽和我说不出名字的菌菇，门口挂着红辣椒和老玉米，墙头有艳丽无比的花枝探出来，母鸡在啄食，小狗在摇尾巴，两个老太太背着比人还高的柴捆从我面前走过。纳西女人一生任劳任怨，从鸡叫忙到月亮升起。而在传统中，纳西男人不干活，自十三岁的成年礼后只做七件事：琴、棋、书、画、烟、酒、茶。

　　如果说纵横交错的老街编织成了一张网，那么四方街就是这张网的中心。它是古镇的社交中心，也是经济和文化中心。白天的四方街上，由几顶白色遮阳伞撑起一个个小吃摊。溢散的香气引来了游客，还有一路小跑的小黄狗。

　　与丽江一样，这里的街道其实也构成了小镇的水网，从九鼎龙潭流出来的清泉，一路奔腾到每家门口，在遇到主要街口时会从街面下穿过。因此，这里的桥也就特别多，三条青石板是桥，一块木板也是桥。江南有"户户垂柳，家家枕河"的诗意描述，这里又何尝不是如此？这里也有与丽江一样的"三眼井"，头井饮用，次井洗菜，三井洗衣，保证了饮用水不受污染，这种乡规民约其实也体现了纳西人的生活智慧。更聪明的一招是束河人的"放水冲街"，每天下午四时许，他们利用路边水沟特设的一正一侧两个木质水闸，将沟里的水积聚起来，等水位达到一定高度后，打开侧面的闸门，让水流泻到街面上，顺势而下将街面冲洗干净。据说，过去马帮在茶马古道上休息或做顺路生意，人马散去后总会留下一些污物，束河人就想出这个借助自然之力的办法清洗街道。现在，"放水冲街"就成了束河古镇的一个旅游项目。

　　为保护束河古镇的原生态不被破坏，同时进行商业开发，吸引游客观光，政府制订了一个规划，就是在古镇边上重建一个镇。于是，仿古的街道和仿古建筑如雨后春笋般的建起来了，它是束河的另一张脸。银铺、铜器店、服装店、古董店、皮货店、手工艺品店……还有酒吧都汇集到这里。我打听了一下，得知不少店主来自五湖四海，他们操着外地口音带来了城市人的审美观念，还有与北京和上海同步发布的时尚信息。

　　在一家酒吧门前，我还看到店主将一条长约三米的独木舟架起来，里面放水养鱼，上面铺有数十根木条算是台面，真是一张别具风情的吧台。

这种独木舟在香格里拉浅浅的湿地里可以航行，是旧时渔民捕鱼的工具。随着生活方式的改变，这种独木舟也退出了历史舞台，废弃后就被这里的店主买来。经过交谈，得知店主是一位来自北京的小姑娘，从她的打扮和店铺的布置看，应该有相当的艺术修养。与丽江相似的风景在束河新镇徐徐展开，清澈的河水贯通了各个街区，曲折地、义无反顾地流向远方，倒映着露天咖啡座的红男绿女和远处的黛山白云。时尚总在消费主义的鼓动下穿上红舞鞋不停地旋转，两年前正式开发的束河古镇也希望与丽江一样，成为"小资天堂"和"浪漫之都"。对此，我一时还不知说什么好。

新建的四方街有一个比较做作的名字："四方听音"。"四方听音"边上还竖起几排同样做作的架子，挂了一些红辣椒和玉米供小资们拍照留影。还搭了一个很大的戏台，每晚八点上演一台文艺节目。白天，这里会有傈僳族人表演的"上刀山"——一根高高的旗杆就竖在广场中央，旗杆两边插着一把把钢刀，威猛的傈僳族汉子会赤足踩着朝上的刀刃一路攀上顶端，并做出"倒挂紫金钩"之类的惊险动作。还有一个表演的节目就是"下火海"——傈僳族人从燃烧的木炭上悠闲地走过去，而脚底不会烫出一个泡来。早几年我曾近距离看过这些表演，至今还弄不明白其中有什么秘诀。

相比之下，我更愿意欣赏十几个纳西族妇女在一种类似回旋曲的民间音乐伴奏下，跳简单重复却热情欢快的锅庄，以广场为中心转圈。如果你愿意，可以随时加入到她们的行列中。

作为丽江的一部分，束河古镇也于1997年被列入《世界文化遗产名录》。有专家说，束河是茶马古道上至今保存完好的重要集镇，是纳西族从农耕文明向商业文明过渡的活标本，是对外开放和马帮活动形成的集镇建设典范。这当然是对古镇而言。

选自《读者·乡土人文版》2007.05

水润上里

杨雪梅

昔往来思，聚散依依。

故乡异乡，梦萦上里。

雅安，是一座名副其实的"雨城"，一个月中至少有一半的时间在下雨，其中又以绵绵细细的毛毛雨居多。夏天，就算会有暴雨，也是来也匆匆，去也匆匆。并且暴雨过后，仍旧会有持续一段时间的毛毛细雨，雨水使雅安的整个色调都倾向于灰冷。其实在这种阴霾灰冷的雨天里，最适合去看看古风犹存的古镇上里，因为那里的山更秀、水更清。

上里离雅安城不远。这些年来，我去过不少次，就因为心里实在喜欢它那份古风古韵和清风细雨中的闲适。前一段时间索性去那儿住了几天，如此也算是充分地享受了古镇的韵味。

时值夏末，将秋的细雨伴着微风，有一阵没一阵地在古镇的街巷间飘洒着，细细的毛毛雨轻轻飘落在青色的房顶上，渐渐润湿了层层叠叠的瓦片。天井里有一棵高高的银桂树，枝繁叶茂，开满了密密的淡黄色桂花，散发出阵阵醉人的浓郁香味。树下放一个很大的水缸，水面上漂浮着睡莲的圆圆叶片和树上落下的零星桂花，缸内或红或黄的金鱼偶尔浮上水面来吐几个水泡儿，闪一闪身又向下悠游而去。在上里，富有明清建筑特色的院落随处可见。街巷的路是石板铺就的，细雨浸润下愈发显得清亮、干净。每家的房檐下都挂着纸灯笼，待天黑灯亮之后，站在高处可清楚地观望古镇错落有致的布局。

斜靠在客栈的木雕阳台栏杆上，品着此地的自产好茶，听着细雨落在瓦上的声音，信手在笔记本上写下心里的所思所感，忽然抬头，目光越过桂树、中庭、瓦房顶，便望向了更远更多更迷离更连绵不断的房舍田畴。

细雨淅沥，天空一片烟雨蒙蒙。虽说桂花遇雨无香，且又被雨打落了不少，落在天井的青石地上和金鱼缸里，铺了一地一缸，我却总觉得一股似有若无的馨香气味在我四周飘绕。或许是因闻此香味已有几天，它早已深深沁入我心了吧。

整个上里古镇全被水环绕着，左一汪右一条，还有一条小溪清清亮亮地穿镇流淌。因了这些水和那些雨，古镇终年都氤氲在雾气里，年复一年，不仅没有消歇，反而愈发的鲜活、灵动。缓缓河水，细细雨丝，既柔美又柔情，让古镇有一种浑似天然的恬淡与悠然。临河两岸的茶馆，则似乎是要将这种恬淡闲适发挥到极致。一杯茶、一把竹躺椅，或小憩，或眺望青色的远山、朦胧的雨雾，何其惬意！游人就那么躺着，哪怕只发呆，什么也不看，什么也不想，心里也觉得极通透……

从北出镇，便是摄影家们钟爱的二仙桥。桥上满是古藤、绿苔，透着苍老，但桥形却异常秀气小巧。在桥的拱顶上，有一石雕龙贯穿其中，桥右伸出龙头，桥左藏着龙尾，极其生动。过桥有一石碑，记载此桥由来："从来此桥之建修由于杨氏祖公在乾隆十三年修于桥下，遭水害；至乾隆十八年又修于桥之上，复遭水害；至乾隆四十一年重修此桥，独成善果……"碑上所说的另两座桥，如细心察看，今二仙桥的附近几百米范围便可找到它们的桥址，无奈经过这许多年河水的冲刷，已经快消失无迹了。

走上青苔遍布的二仙桥，但见清亮的河水在桥下潺潺流过，河底卵石密密、水草郁郁。"水至清则无鱼"，却有数只小白鹅、大麻鸭怡然自得地浮游在水面上，或欢快地拍拍翅膀，或将头埋入水中啄食；还有不知名的水鸟在石块上自在地跳跳停停。河边的石台阶一直铺入水中，三两村妇正蹲在光可鉴人的石台阶上麻利地洗衣、淘米、择菜。

身子稍一倾斜，我倚在二仙桥的栏杆上，任神思乱游。古老的桥、缓缓流动的水，我漫无目的地打量过往行人，直到他们消失在田间垄头，闹中取静的寂寞里竟有一种淡淡的喜悦。那一刻，我已经惬意得误以为自己是远方归来的游子，反认他乡是故乡了。永不停息的小河，浑不知我无数次到来只为它的老旧和古朴。

在上里，古老的街巷完全没什么喧闹声。秀美的青山抬眼皆是，黑瓦的民居静静伫立，清澈的河水穿桥而过；长长的巷子，屋舍俨然，门对门、窗对窗，鸡鸣声、狗吠声此起彼伏。漫步巷中，看青色的炊烟在黑色的瓦房顶上弥漫、飘散，一群小鸡欢叫着穿街过巷，卧于门槛边的狗儿们只懒懒地抬抬眼，白发老妪坐于门前，一边看着众生相，一边又悠然细密地做手工，何等怡然恬淡！真让人流连忘返。可谁又能想到，曾几何时，这里是怎样的喧哗热闹：因位于南方丝绸之路古道上，是由川进藏的必经之地，人马、物资都曾在这里进进出出。

小隐隐于林，大隐隐于市。

平静简单的生活，在上里俯拾即得。鱼得水逝，因其忘乎水，识此，可以超物累，乐天机。

站在二仙桥上，望着上里鳞次栉比的木屋青瓦，忽然觉得这里就像一个温暖的小窝、一个养在深闺的小家碧玉，在柔柔细雨、清清河水的悉心滋润下，散发着温存可人的光辉……

选自《读者·乡土人文版》2007.04

天津小洋楼：万国建筑的风情摆渡

伍振

天津是个寂寞的城市。小洋楼的繁华与热闹似乎也慢慢归于沉寂。从表面上看，天津在中国的直辖市中是最没有特点的一个，既缺少北京那种宏伟大气的庄重，又没有上海那种车水马龙的繁华，也不像重庆那样山重水复、诡谲多姿。

但如果静静地融入天津，也许会有另一种体会。至少，天津很有味道，当然，这种味道不仅仅只是香喷喷的狗不理包子和说学逗唱的相声。比如，天津的小洋楼。小洋楼之于天津就像埃菲尔铁塔之于巴黎，既被现实的阳光抚摩着，又被历史的枝叶覆盖着，但城市的性格、气质、喜悦和忧伤都烙在这些建筑物的皮肤上了。如果不看看小洋楼，你就永远无法洞悉天津。小洋楼让天津变得很洋气，这种洋气更多地蕴藏在偌大的城市空间之中，汇聚于精美的建筑符号里。

小洋楼对于天津来说有些别样的情怀，是因为许多小洋楼既是天津的骄傲，也是天津的耻辱。这些建筑弥漫着欧洲的风情，记述着时代的风雨和历史的变迁。像上海的外滩、青岛的红瓦绿树一样，天津的外国建筑独树一帜。在这些构造奇特的建筑里，仁人志士、军阀官僚、阔佬遗少、三教九流演绎了几多历史故事。难怪毛主席也说："北京四合院，天津小洋楼。"渐渐地，对于天津人来说，"万国楼台"不再被视为过了时的遗物，相反渐渐成了此地的一种城市标志，甚至升华为一种骄傲了。其实这一变化，正符合文化生成的规律。一般事物，在现实状态中以应用价值为主；在进入历史状态后，文化价值便显现出来。事物的文化价值是一种认识价值，当它定型于历史后，其内在地象征着那一历史时期种种特征的文化意义，才会被我们一点点地发现和认识出来。

风一样的往事天津，以其特殊的地理位置成为京师的门户。

清末，当北京城的大老爷们儿在街头遛鸟、逗蛐蛐的时候，津门大沽口炮台上的男儿正杀得怒火满腔，发指眦裂，鲜血染红了战袍，也一次次地将这片土地的魂魄浸染得倔强刚硬。当我们民族的苦难需要一座城市去承担的时候，历史毫不犹豫地选择了天津。

每当漫步在欧式别墅区的街道上，心中总是萌发出一种异样的感觉。尽管眼前的景致很美，然而英法联军的大炮，八国联军的铁蹄，在我脑海里却永远挥之不去。有人说："忘记过去就意味着背叛。"穿过历史的烟云，天津，让我慢慢地陪着你走……

万国楼台，风情万种漫步在五大道建筑区里，尽管我没有太多的建筑知识，说不出每一座建筑的风格样式和艺术底蕴，但我已无暇去用理论来描述和思考它们，我宁愿沉浸在这片风景中细细品味。"人，是需要思考的。人的演变，是承受了思想的力；城市的演变，也是需要思考的。城市的演变，承受了历史的力。"

劝业场步行街作为天津的著名景点，也有许多小洋楼，但似乎已经过于商业化了，要想体验万国楼台的真正风情，你最好到五大道。很漂亮的房子，各式建筑都有，一栋栋安静地排列着，神秘且静谧。在夕阳的余晖里看它们，总是透着淡淡的哀伤，仿佛有诉说不完的故事。

五大道地区原是天津城南的坑洼塘淀，1919 年至 1926 年，英租界工部局利用疏浚海河的淤泥在这里填洼修路，逐步形成了五大道的交通脉络。由于军阀连年混战，帝国主义加紧侵略，这里成了"国中之国"。英国先农公司、比利时仪品公司、外国教会及部分中资公司来此承建房屋，大量风格各异的具有欧洲风情的小洋楼相继建成，形成了独特的景观。辛亥革命推翻了清王朝，由于时局的变化，天津在中国的位置变得极为特殊和重要。一方面社会与政权更迭变幻，租界成了政治的避风港；另一方面天津得地理、交通与海关之利，充满了商机。各种要人及富人涌入津门，一为安全，二为立业发财，三为住进设施齐全、舒适方便的小洋楼。五大道地处英租界的黄金地段，人们便争相在此置地建房，毗邻而居，于是，这一带就成了天津名副其实的富人区。若论中国近代城市所拥有的富人区的规模，天津当属第一。北洋政府的达官贵人，有的下野后也住进了天津五大道，其中有总统、总理、总长、督军、省长、市长等，竟有上百人之多。这么多曾经叱咤风云的历史人物聚集于此，在中国的近代史上绝无仅有。据统计，这里居住过的中外名人有100多位。曹禺是天津人，他笔下的《日出》《雷雨》，是否就是蕴藏在这千余座小洋楼中的真实故事？

　　一路走过希腊式柱和罗马拱顶，又走过红瓦屋顶和老虎窗，看见各式各样的洋房，都安静地隐在树木的绿荫中，我仿佛看到跑着黄包车的天津：夜晚，这些小楼里闪耀着通宵的灯火，香气袭人，杯盏交错，骄横地映照着整个城市的破落。天津的旧梦里，生活着多少醉死的灵魂……忽然有一天天翻地覆，外来的建造者被赶走了，居住者被赶走了。然而，建筑终归是带不走的，在这里同生息、共发展，看着旧的塌掉了，新的建设起来了，它们渐渐也变成了这座城市自然而然的一部分。只是旧日的风情万种，因为建筑物凝固成不肯忘却的旋律，所以在这座城市的角落仍然低声吟唱。

名人故居，时光背后的沧桑

五大道两旁充满浓郁异国情调的小洋楼，重新粉刷的墙壁门窗，掩不住旧时岁月的风霜，而让人着迷的正是那现代时光背后隐藏的沧桑。翠绿招展的是叫不上名字的高大树木，白里泛黄的也许就是海棠。低调、静谧、安详，五大道里的名人故居给我这样的感觉，虽然地处市中心，但与商业区的喧闹相比，这里更显得安静。

在这里，有颇具特色的饭馆，有异国情调的酒吧，但这一切似乎都与历史有着扯不断的结。这些小洋楼几乎都有数十年甚至上百年的历史，建楼的主人们大多已经故去，可是，有的小洋楼却因主人的名气引起当代人浓厚的兴趣和遐想。马场道与河北路交界的"疙瘩楼"，是京剧名角马连良的故居。此外还有溥仪住过的张园，清朝太监小德张的公馆，孙传芳、曹锟、徐世昌、顾维钧等一大批北洋军政要人的旧居，文化界、医学界名人严修、方先之、范权等的宅邸，每一座旧宅，都被藤蔓缠绕着，在夕阳的照射下，映出淡淡的光。

这里原来的住户——无论是军政要人，还是成功的实业家，在当时吉凶难卜的社会背景下全都希冀安逸，不事张扬。这种心理外化在五大道的环境形象上，表现为房屋的尺度适宜，倾向低矮，没有高楼；隔院临街，院中花木掩住里面的楼窗。顶要紧的是，院墙全是实墙，很少使用栏杆。最巧妙的是民园大楼的方孔式围墙，它采用百叶窗的原理，看似透孔透光，实际上从外边根本不可能对院内一览无余，这就适应了房主人深居与私密的心理，自然也构成了五大道独有的既幽雅沉静又稳定温馨的氛围。

　　到现在，这里仍然十分低调。也许看过上海新华路附近建筑的人，不会觉得五大道万国楼台的稀奇，但是这里没有上海那么浓的商业氛围，都是安安静静的住宅群，或者就是被机关单位使用，偶尔有小孩子的歌声传来，那是幼儿园和小学。氛围中早已经没有了当年的繁华荣耀或者肃杀血腥。

金融一条街：透过繁华的喧嚣

　　出天津站，沿海河西行穿过解放桥，面前迎接你的是一条宽敞整洁的大道，这就是被誉为"北方华尔街"的解放北路金融一条街了。如果说名人故居是中西合璧的话，那么解放北路上的建筑则是原汁原味的舶来品。这一部分是天津这个城市的精华所在，它相当于青岛的八大关、北京的柳阴街、上海的衡山路。

　　漫步解放北路，大街两旁一幢幢造型独特的西洋建筑，给人带来浓郁的异国风情——罗马式、日耳曼式、俄罗斯古典式、希腊式、文艺复兴式、哥特式、中西合璧式等风格的建筑，纷至沓来，形成一组宏大的建筑群，豪华凝重，恰与海河的婉约形成对比。这两排建筑物丝毫不逊于上海的外滩，只是它分布在街道两侧而不临河，这倒显出天津这个城市的低调性格。夜静人稀，漫步在解放北路和五大道，你会生出时光倒转、梦寻欧洲的恍惚之感。

　　解放北路位于和平区东部，临近海河西岸，西北起解放桥，东南至徐州道，全长 2229 米，是天津的金融中心，被今天的天津人称作"金融街"。天津市的财政、税务、金融管理机构，特别是各大银行的天津市分行都集中于此，其办公地点就设在那一幢幢高大的西式楼宇中。

　　这条特色街道的形成源于天津的一段特殊的历史。鸦片战争后，天津被迫开埠，英、法、美3国胁迫清政府在海河西岸划定租界，解放路沦为英租界，时名"中街"。1900年后，又在天津增划六国租界。西方列强出于各自利益的需要，在分属英、法租界的这条街上兴建银行、洋行，进行殖民贸易达半个多世纪，客观上奠定了金融街的风貌格局。从解放桥到营口道为法租界的"大法国路"，从营口道到徐州道为英租界的"维多利亚路"，从徐州道到琼州道为德租界的"威尔逊路"。此处的洋楼多为早期天津作为租界地时，各国在这里开设的行政、金融、贸易、新闻通讯等机构的所在地，也有一些旅店和娱乐场所。英国汇丰银行率先在这里破土兴建，法、美、德、意、日、俄等紧随其后，先后开设了麦加利银行、美国花旗银行、中法工商银行、俄国华俄道胜银行、日本横滨正金银行、东方汇理银行、美国美丰银行等。

步入金融街，西侧解放北路、滨江道转角处一栋6层砖混建筑首先牵引着你的视线。房体结构简单，由3部分组成，外墙的黄铜装饰富有特色，正面大门上方标有"爱梦公司"4个字。它是这里比较年轻的建筑，1934年建成，为新华信托储蓄银行旧址。前面不远的一栋6层楼，规模略小，风格不同，是美业银行光明大楼旧址，外观爽利漂亮，是现代主义风格的作品。略的东侧与"爱梦"相对有一座设计优美的西式半房，大门两侧建有角形扶壁灯柱，带给人几分幽雅与轻松。这里原为法国俱乐部，现在是天津市青年宫。这一段是金融街的开端，也是作为序曲的布局，接下来将是各种建筑语言的雄壮交响。

站在解放北路与滨江道路口向南望去，路两侧当年的外商银行大楼毗连，气势恢宏，仿佛凝固的历史，向人们展示着天津在20世纪初作为北方金融中心的辉煌。

天津市总工会办公大楼原为中法工商银行所在地，楼高4层。当年楼体所在位置处在英、法租界的交界处，建筑师有意把大楼外形设计成为一条弧形曲线，将两个不在一条直线上的街道，自然流畅地衔接起来。

中国银行天津市分行所在的两栋建筑，分别为原日本横滨正金银行和英国汇丰银行的旧址。汇丰银行大楼是当年英租界内的首家外商银行建筑，古典柱式造型，钢筋混凝土结构，正门用黄铜包镶，显得金碧辉煌；门两侧矗立着几根圆柱，给建筑物以雄伟庄重的点缀；侧门前台阶旁装饰一石雕花坛，造型精美，仿佛无言地见证着天津的百年沧桑。

《大公报》：一纸风行百年。看过了名人故居的"日出日落"，穿越了金融街的"津门烟云"，感觉有些恍然如梦，600 年历史的城市难道没有更多的文化积淀？明清太久远，我试图从一些地方找到至今依然驻留于这座城市中的、那些经过历史洗礼后愈发醇厚的文化味儿。

没让我失望，在今和平路与哈密道交口、与著名的"四面钟"隔和平路相对处，有一幢被"永真眼镜店"租用的两层砖混结构的日式楼房，这就是著名的天津《大公报》报馆旧址。1902 年，《大公报》在天津诞生，这是天津自从 1860 年开埠以来，所形成的独特的城市文化氛围所造就的。

"大公报" 3 个字为中国近代启蒙思想家、教育家、翻译家严复所写，《大公报》一经创办就很快发展成为华北最大的报纸，在全国和海外都颇具影响。《大公报》是中国历史上寿命最长的一份报纸，从天津走出去的《大公报》至今仍在中国香港地区出版，发行到世界 100 多个国家和地区，1996 年被联合国推选为全世界最具有代表性的 3 份中文报纸之一。

其实《大公报》在天津有 3 处旧址，1902 年 6 月 17 日成立时在法租界的狄总领事路上法国工部局附近，即现在人们说的哈尔滨道 42 号。此处现为一旅馆，名称为"南昌旅馆"，这里已经没了报馆的痕迹，狄总领事路随着城市的改建也没有了；1906 年，报社搬到日租界，即前面提到的和平路上的日式楼房；"九一八"事变后，报社搬到现在的哈尔滨道237号，即天津京剧三团（现为二团）所在地。就是在这几座外表丝毫不起眼的旧楼里，培养出了中国近现代一批又一批伟大的报人。英敛之、张季鸾、胡政之、王芸生、范长江、杨刚、彭子冈、徐盈、萧乾等，都是从天津"飘"向全国的。有人说，旧时的天津是一座以码头为文化背景的城市，但正是这个码头，培育出了一批批杰出的人物，在这些看似普通的建筑物里，发出了曾让世人震撼的声音。

选自《读者·乡土人文版》2006.03

土掌房游记

黄恩鹏

位于云南省泸西县永宁乡境内的城子古村，因其独特的土掌房被称为"亚洲民俗文化摄影之乡、中国民居建筑发展活化石"。城子古村的土掌房气势恢宏，沿着山坡排列着1000多栋彝族风格的民居，其中还保留着"昂土司府"遗址，"江西街""李将军第""姊妹墙"等古建筑。成片的土掌房依山而建，用泥土筑成的屋顶前后相接，雄奇庄重而又层次分明，房屋之间相接或毗连，形成梯级"台阶"；住房上下相通，左右连贯，层层叠叠，下家房顶就是上家的庭院，只要进入一家，就可以从平台进入另一家，直至走通全村。在城子古村，最高的"台阶"有17层之多，其中的制高点城子大寺，就是过去的昂土司府。

城子古村的这些土掌房，是目前我国西南地区规模最大的"彝族土掌房"建筑群。其规模之大、年岁之久、保存之完好，令人称奇。

关于土掌房的建造工艺还有一个传说：相传村中一位叫"阿嘎"的彝家小伙子，为改变村民住洞穴、栖树枝的原始居住方式，在飞凤坡顶冥思苦想了三天三夜后，到山中砍来六百六十六棵栗树，挑来九百九十九担黏土，用土筑墙，墙上横搭木料，密铺木棍、茅草，再铺一层土，然后用石头一层层夯实。就这样，一幢幢左右连接、上下相通的土掌房就在飞凤山坡建造了出来。有一首世代流传的《建房民歌》，说的就是土掌房的建造工艺：

窝棚不好住，野兽多可恶。

风雨来侵袭，洪水淹大路。

阿嘎小伙子，教人盖土库。

男人扛栗树，女人挑泥土。

柱子怎么砍？留到丫杈处。

柱子怎么支？篱笆来围固。

柱脚怎么支？石头来垫住。

柱摇怎么办？篱笆掼泥土。

柱子竖好后，众人紧扶住。

丫杈搭承重，藤捆丫杈处。

楞子怎么铺？间隔有五寸。

木棒破成片，顺着楞子铺。

木片铺好后，松毛再盖土。

接着铺稀泥，并把边栏糊。

怎样加土层？土要蜂窝土。

铺上五寸厚，洒水湿漉漉。

稍干再夯实，留口雨水出。

有时会通洞，一把土塞住。

房内怎么隔？一间人睡处。

一间装实物，一间关牲畜。

前边安道门，方便人出入。

野兽进不来，风雨门外阻。

过上好日子，彝人少辛苦。

土掌房建好后，彝族先民从树上下来，从洞穴走出来，也从蛮荒走向了文明。现在，城子古村已经很有规模，分为小龙树、中营、小营三部分。小龙树为最早建造的土掌房，随着人口增加，村寨依次向中营、小营延伸。全村完整地保留了古时的原有结构，鳞次栉比，有如棋局，好像一个远古时代秘密遗存的原始村落，或是刚刚被发现的古旧泛黄的典册，豁然向我们打开了它丰赡的内容。

据记载，明成化年间，土司昂贵在飞凤山上建土司府、江西街，至今已600余年。在昂贵鼎盛的年代，江西街房屋林立，店铺相连，后毁于兵燹。古村现存历史最久的房屋为小龙树的20户人家的住房。城子古村因自然及历史的发展，完整而真实地保存了不同时期民居的不同特点及发展过程，为民居建筑史的发展研究提供了一部活教材，堪称民居建筑文化与建造技术发展史上的"活化石"。

眼前这些房子，简直土得掉渣。墙和屋顶都是以泥塑成，不用瓦和石，砖也少见。黄坯墙壁沐浴在阳光里，发出金黄色的光芒。这些土房与清涧翠谷、白云蓝天形成了鲜明的对比，而后面的山峦则草木葱茏，周围山环着山，屋舍环着屋舍，让这个寨子成了一个小小的乡村王国。时光荏苒，土掌房逐渐为外界所知，也让着迷于建筑艺术的学者们认识到了它的艺术价值和历史价值。

这些土坯垒成的房墙，大都是按传统而建。村子前面是一条长长的坝河，河水清澈，终年绕着村子流淌不息。石碑和磨得光滑的青石路，各家各户的院落、弄堂和屋灶以及牲畜的厩圈，墙外悬挂的玉米和辣椒，早上采摘蔬菜回来的妇女，牛马踏着青石的"嗒嗒"声，无不自然和谐地融为一体。每一家屋子的旁边，都有一条能上山的小道儿。那以青石铺就的小道儿蜿蜒直上。再行，有一段石阶，沿石阶而攀，尽头处有一座小寺庙，名曰"灵威寺"。山的海拔不算高，也没有威严的山峦做背景，更没有郁郁葱葱的森林来烘托山的神秘与奇诡。若是遇到了阴雨天气，也能看到村寨一半浮在云里，一半悬在山上。就是这样的一个具有仙境意味的地方，竟然以众多土房子著称，可见这里定然是一个风水宝地。

在村寨里行走，那些挂着玉米、辣椒和药材的土墙，成了摄影的最佳题材。山寨的阳光把泥土、草木和农作物照得香气缭绕，与乡野味儿融合在一起，让人不禁想起故乡。那与天空一同舒展、聚集的阳光和清风，让人如入梦境般恍兮惚兮。

选自《读者·乡土人文版》2013.05

温柔的个旧

王国华

小城个旧位于云贵高原南端的北回归线上。因为是高原，这里夏季没有酷暑；因为地处北回归线，这里冬季没有严寒。气候的温润，生活的闲适，造就了小城的独特个性。个旧人说话，即使是吵架，也那么慢声细语，声调抑扬顿挫，柔曼缓和，似乎永远没有大悲大喜和大起大落。

高原上，山多平原少，城市多建在所谓的"坝子"里，个旧则是夹在两山之间。东面的叫做"老阴山"，西面的叫做"老阳山"。两山底部有一湖，名为"金湖"。个旧就在山脚下向水而立，真正的依山傍水。阴阳二山，被当地人敷衍了一个金童玉女的故事，故事不外乎少男少女日久生情，王母娘娘横挡竖拦，两人下凡化作山脉。这样的故事全国各地还有很多，但他们为什么把那座屹立凸起、高高在上的山叫做"阴山"，而把低矮平缓的山叫做"阳山"？当地人称，老阴山顶有一巨大山洞，酷似女阴；阳山上的溶洞里则有一巨大石柱，筋脉毕现，酷似男根。两山因此得名。

这当然只是表象上的原因，具体原因，只有在个旧呆得时间久了，才能领略其一二。

男人打伞，女人走在伞下；男人兴高采烈地炒菜，女人吃着品着；男人摆摊，女人坐在旁边……有人用一个经典画面形容当地女人的生活：

她们的男人背上背着孩子，手拿捶衣棒，蹲在河边洗衣服，一边擦汗一边抬头接受妻子的检查。女人们则站在水边载歌载舞，她们唱的是："我们的生活，我们的生活，比呀比蜜甜……"

个旧男人的体贴，就是这样细致入微；个旧女人的性情，就是这样自由挥洒。女人比男人高，女人比男人金贵，女人比男人逍遥。她们坦然享受着男人们造就的美好，只要她们开心了，男人们也就开心了。男人们宁愿自己劳累些，也要为女人们撑起一块宁静祥和的空间。

个旧附近还有很多城市，但没有哪一个像个旧这样性格鲜明。

为什么只有个旧是这样的呢？我想，这大概跟个旧的兴起有关吧。个旧是世界著名的"锡都"，每年锡产量占世界的三分之一。1950 年后，云南锡矿成为全国重点建设项目，各地的青壮年跋山涉水，纷纷应征前来参加开发。这支建设大军，男多女少，女人遂成抢手饽饽。女人的地位也许就是这时确立下来的。但这个理由不足以支撑"个旧特性"这么多年。

离开个旧前一天，阴雨连绵。汽车在老阴山脚下的太极广场前经过，抬头看山，绿意逼人，俏丽美艳；对面的老阳山，则安稳厚重，波澜不惊。与其说老阴山的美艳压迫了老阳山，不如说是老阳山的包容和迁就衬托了老阴山。老阳山宠着老阴山，就像个旧男人宠着个旧女人，无盛无衰，阴阳平衡，在这个狭小而局促的空间里，过着自己平静的生活。

我们把这种情怀，叫作"温柔"。

选自《读者·乡土人文版》2008.10

武汉故事

汤礼春

不到汉正街，不知道"水货"一词的由来；不到武汉，感受不到武汉人的豪爽可爱。

武汉人与"货"

举目天下，没有哪个地方有武汉人对"货"字这么情有独钟，对"货"字运用得这么广。别的地方，"货"字主要就是代表"货物"而已，而武汉人的"货"，含义就不仅仅局限于"货"，还通常把"货"比作人。比如说："这个人不怎么样。"武汉人就会说："这个货不怎么样。"依此类推，会说"这个货不太近人情""这个货太不清白"等等。说"这个人有点坏"，武汉人就会说"这是个'拐货'"；说"这个人比别人差一点"，就会说"这是个'怀货'"；你爱调笑妇女，爱讲荤笑话，就说"你是个'邪货'"；你有点"二百五"，就说"你是个'哈货'"；你有点傻，就说"你是个'苕货'"；你有点不讲情面，就说"你是个'嘎货'"。

武汉人怎么会对"货"这么情有独钟呢？就因为武汉这个地方是因货而生、因货而兴、因货而活的啊！

自从明朝中叶汉口集家嘴一带开了码头，四面八方的货船都通过长江、汉江云集到了汉口，南来北往的货又通过汉口这个码头上河南、河北，下广东、福建；去四川、云南，到江南、江北。汉口一时成了九省通衢的商业重镇，成了万商辐辏的繁华之地。武汉可以说是中国第一个因商而成的重镇，在这里生活的人都与商和货有关，不是经商就是盘货，商不离口，货不离手，人与货融洽在一起，糅合在一起，久而久之，就将货比成人、人说成货了，就连小伢的小名叫"财货""苕货"的比比皆是。

随着集家嘴十里长街——汉正街的兴起，一批为商铺服务的行业也随之涌现，这其中就有了专门卖水的。每天一大早，就有人从清碧碧的汉水挑了水到街上叫卖。据说清朝末年的一天，一个叫"赖货"的人挑了一担水到汉正街叫卖，一个经营桐油的钱老板买下了，谁晓得"赖货"挑水经过店铺门口时，一不小心绊了一跤，将半桶水泼在了一桶桐油里。钱老板当然就不干了，非要"赖货"赔他的货，"赖货"哪有钱赔偿！扯来扯去，最后总算扯清了：钱老板将这掺了水的桐油给了"赖货"，而"赖货"呢，要每天白给钱老板送一担水，一连要送三个月。

这"赖货"挑了这一桶掺了水的桐油，像挑了一桶"荒货"（武汉人把没有用的东西叫作"荒货"），丢了可惜，留着又没有用，正不晓得怎么办才好时，没料到正好碰到一个收"荒货"的，就问他这掺了水的桐油收不收，这收"荒货"的本来要随口说不收的，后来猛地想到自己有个堂弟正好在给一条货船上送桐油，就转了念头，低价收了，然后又将这掺了水的桐油充当好桐油和堂弟一起卖到了收货的船上。谁晓得那个买走了掺了水的桐油的江西客商下次到汉口订货时，就在汉正街上到处喊冤，说他上次买了一桶掺了水的货，害得他在景德镇上的商家名声大受损害，他要找那个卖给他掺了水货的人打官司。这件事一下子在汉正街一带传得沸沸扬扬，个个商家老板都相互告诫，提防买进卖出掺了水的货。就这样，"水货"这个词就在汉正街流行开来，成了劣质货与假货的代名词。时至今日,"水货"这个词又走向了全国,成了全国通用的语言。这大概是武汉人传到全国最广最经典的一个词语了!

武汉人的大嗓门儿"到了北京嫌官小,到了上海嫌城市小,到了深圳嫌钱少,到了武汉嫌嗓门儿小……"

这是时下在市面上流传的民谣。看来,武汉人的嗓门儿之大是举世闻名了,或许这是武汉人的自嘲。

我是武汉人,自小在武汉长大,对武汉人的嗓门儿不仅颇有领教,而且深谙其中。

武汉人平时说话一贯就是心直口快、大大咧咧、毫不遮掩,动不动就爱上火、骂娘,而且吵起来嗓门儿特别大,那音量起码达到上百分贝,上吓飞麻雀,下吓跑老鼠。这也许是由武汉的特殊环境"火炉"所炼成的吧!

说起武汉人的大嗓门儿,外省人都带有点贬义,而我却有几分赞许与钟爱。这并非是由于自己的家乡情结,而是觉得武汉人的大嗓门儿中透着一股豪爽正义之气。

记得小时候,门前的路上如果丢了垃圾,就一定会有人大嗓门儿吼道:"是哪个这么缺德!把渣子乱丢!丢到你自己屋里去吵!"

如果是公共场合有人扯皮打架,就一定会有人大嗓门儿劝架:"吵么事吵,还嫌丑丢得不够!要吵回去吵!关起门来吵!"

如果是下雨,谁家的东西还晒在外面,就一定有人会扯着大嗓门儿嚷道:"要下雨喂!哪个屋里的东西还不收?是不是不想要了吵!"

武汉人的大嗓门儿,即使叫的是正经事,透出的是热心肠,但话音里却含着一种调侃,叫人哭笑不得。

这几年我曾四方漂泊,到过许多大城市,所到之处,当地人们的嗓门儿确实不如武汉人那么大，确实彬彬有礼，修养有加。但有时所遇之事，却叫我十分怀念武汉人的大嗓门儿。

有一次，我在上海所乘的公交车半途堵车近半个小时。乘客们堵得实在不耐烦了，便纷纷要求下车去，司机却拿架子拒不开门。乘客们虽千烦万烦，却都只是小声嘀咕。于是我想：要是在武汉，早就有人会扯开大嗓门儿，把司机骂个狗血淋头，司机岂敢不开门？！

还有一次，在广州的一个居民小区，某日清晨五点，人睡得正酣时，蓦地被楼下一串小车的喇叭声吵醒。那小车的喇叭不停地叫，足足叫了十余分钟。这期间，几幢楼里居然没有一个人探出头来叫骂制止。我想：这要是在武汉，早就会有人探出头来扯着嗓门儿骂了，也一定会有其他人探出头来帮腔。

看到这里，也许有人会指责我："你不也是武汉人吗？你为什么不亮出你的大嗓门儿呢？"我在异乡初遇此类之事时，也曾亮过大嗓门儿，无奈，不仅无人帮腔，而且当地的人都像看怪物似的斜视着我。如此这般，也只好入乡随俗了。

由此，身在异乡的我也就只好常在心里怀念武汉人的大嗓门儿了！

选自《读者·乡土人文版》2008.03

西宁的茶园

宋长玥

　　青藏高原东部边缘的西宁，仿佛四五千年的岁月随意摆置的一头石兽，把目光投向黄河著名的支流湟水河上游流域，看日月无声轮回，万物生夭荣枯。转眼到了五月，花红草绿，大地顿时鲜活了起来，居民们的眼前就亮晃晃的。心急的男人们甚至等不到枝头花苞绽开，便呼朋唤友或携妻带子，直奔茶园。坐在冬寒未尽的果树下，吆五喝六，一派"团团聚邻曲,斗酒相与酌"的热闹，自是"醉里乾坤大,壶中日月长"。在"对酌众花开，一杯复一杯"的豪情中，开始了一年的狂欢。

　　有了茶园，西宁人躁动的心便找到了故乡。在正午纤柔的风飘荡的园子里，林荫下一方石桌上，一盘大板瓜子，一碟蚕豆，一个"三泡台碗子"——这是西宁人最爱喝的一种茶，里面春尖油绿，枸杞鲜红，冰糖白里泛青，一小朵菊花漂浮在开水上面，宛如袖珍莲花，几样干果很是吊人胃口：红枣艳艳地躺在碗底，金黄的杏干紧挨在旁边，黄灿灿的菠萝片轻轻盖在上面，几枚桂圆浮在水中，被水浸泡丰满的果肉破壳欲出。当然，青稞酒是断然不会少的。三两知己、七八朋友围坐，阳光通过细密的枝叶洒下来，这一番天地已然是仙境，一天的幸福从此在身边缭绕，哪里有"一片花飞减却春，风飘万点正愁人"的凄凄然，到处弥散着"事大如天醉亦休"的狂放，管他回家识不识路，只道春宴醉到秋。在西宁的茶园，绝对没有"花间一壶酒，独酌无相亲，举杯邀明月，对影成三人"的寂寥，却充溢着"一醉一陶然"的平民之乐。

西宁大概是中国茶园最多的城市之一，在郊外的山林中，在所有的公园，在碧水清流的河边，在市区内一切有树和芳草的地方，都有茶园。你看吧，几顶或数十顶太阳伞，顶着五月的天空在大地上长出来，大大小小，错落有致，伞下面喝着烧酒、吃着手抓的一桌人，说说笑笑，烟来酒往，生活的芬芳不断向四周飘散。

在西宁过的日子长了，就多少活出了点哲人的意思，随着五月的迎春花绽开金黄的小脸，丁香的清香味儿满城飘散，刚刚从冬天的尾音里走出来的人们或进山林，或入闹市，在茶园袅袅升起的茶香中消磨着午后的时光。"三杯通大道，一斗合自然"，西宁人无师自通，仿佛出自天性。生存环境的偏远和高旷，使这些边地子民生性通达，在人生的路上走得极其闲适，西宁的大街上永远看不见匆匆忙忙的脚步，他们好像在散步，好像在赏景，好像生活就是茶园里的一杯三泡台、一瓶青稞酒或一盘热气腾腾的手抓肉。西宁人去茶园，通常将"去"说为"逛"或"浪"，这就很有情趣。

在西宁的茶园里，有两样好东西不缺：一是时时飘荡在上空的"花儿"，二是香气四溢的美食。喝高了，不管男女扯开嗓子就吼：

"黄河上度过了半辈子，浪尖上耍花子哩；
我维的尕妹是人尖子，人伙里甩梢子哩。"

对穿过云层又落在河源上游的这朵奇葩，一位作家说："在我的认知和理解上，西北的'花儿'乃是一种穷人的诗歌、贫瘠的宗教、汉语的净土、灵魂的抒唱、爱情的熠火……它是一朵花，慰藉人心；它是一种营养，光耀人性；它还是一种唱读，说出人道和关怀。"的确，在西宁，满大街都是唱"花儿"的好把式，当这些老百姓的"心里话"被天生的嗓音随心所欲唱出来的时候，西宁的茶园里终日不再只弥漫酒香，那些情感的花儿在这座西北边城染涂上了"一种挣扎的色彩"，展示出"一副夺目和攀援向上的姿态"：

"脚户赶骡铃铛响，上山的凉水（哈）灌上；
尕妹在家里眼泪淌，阿哥在千里（的）路上。"

"花儿"漫开了，这边才落下，那边又升起来。它把人们的心拉近了、拉热了，茶园里立刻有了热烈的气氛，空气一点就会燃烧起来。在任何一个地方，只要心的窗户被打开了，一切束缚顷刻间碎了。你听：

"园子里长的绿韭菜，不要割，
就叫它绿绿地长着；
尕妹是清泉阿哥是水，不要断，
就叫它清清地淌着。"

啊，多让人浮想联翩。西宁的茶园实际上是青海地方小吃汇聚的地方。有几道菜至今让我念念不忘，其中首推手抓羊肉。初次品尝，对这道菜似有粗俗不雅近乎原始之感：吃时一手抓肉，一手握刀，边割边吃。但常吃久尝，的确是越吃越馋，难以罢口。手抓羊肉之所以誉满青海高原，还在于它的烹调操作不繁杂，只需不多的作料和一把盐，虽不讲究名厨师的刀功和掌勺技术，但色香味形独具草原风格。

在青海的食客中，四句顺口溜老少皆知："八月的茄子九月的蒜，羊肉膘肥油蛋蛋，烧上茄子拌上蒜，一年能吃好几遍。"这几句说的是一道青海特色菜"羊肉炆茄子"。它的做法是：选取肥瘦均匀的新鲜羊肉，取骨剔筋，剁成肉末，下锅待炒到肉末粒粒成型时，放入盐、姜、花椒粉、酱油等，茄子选用紫黑色、端正、油亮、皮薄的，先放在猛火中熏烤，外皮焦干后切条、油炸。然后和羊肉末混在一起翻炒，放蒜泥，焖煮片刻，茄条柔软后出锅上桌。必须注意的是，羊肉烧茄子香味浓郁，烧制时要用重油，反之味色不佳。

我对一道菜情有独钟，其大名"筏子肉团"，民间俗称"扎筏子"，是宰羊杀猪后用它们的内脏加工的一道食品。"筏子"是黄河上游古老的水运工具，它是把数个充满了气的羊皮袋连接在一起，上面扎上木板或圆橡，"筏子肉团"因在外形上和羊皮筏子相似而得名。青海人爱吃"筏子肉团"，其做法也不复杂：杀猪宰羊后，将洗净的猪羊胃壁脂肪膜（当地人叫"蒙肚子油"或"包肚子油"）做包裹皮，把肝、肺、脾等切成小块，剁成泥，拌入精盐、姜粉、花椒粉、胡椒粉、酱油、菜油、葱末、蒜泥等，掺入面粉，搅至均匀，填入脂肪膜，再用洗净并以碱、醋清除异味的小肠管来回密密扎绑成长方形肉团，两端封口，入锅煮熟，上笼蒸一个时辰，出笼切吃。吃法一般有三种：一是切片入盘，蘸醋、姜、辣子吃；二是切成半圆形的厚块，上浇羊肉汤，调香菜和蒜泥吃；三是切成小段，入油锅干炸，炸至外皮酥黄，撒上椒盐吃。

有酒，有吃，有撩拨人心的"花儿"，有可意的人在身边，就是最幸福的人了。西宁在歌声酒香中越来越开阔和苍茫，散落在山林郊外、河边树下的茶园，午后的太阳斜斜照着，山气氤氲，歌荡林梢：

"百七百八抹青稞，二百的街上过了；

年轻的时节里没欢乐，老了思谋是错了。"

西宁的茶园像一本厚厚的书，每天被人们翻开，情趣盎然，寓意深远。很多年，我游走在一个茶园和另一个茶园之间，像走在西宁幽深的巷道，里面市井俚语喃喃，花棉袄隐隐约约，长辫子晃荡在窈窕的腰间，渐渐远去；有时恍如有丁香一样的女子从一扇木门里探身出来，对我俏笑："你就是我的憨墩墩吗？"茶园，似乎是我前生的战场，每一个背后是一段挥之不去的记忆，里面装满生活的芬芳和人生的从容。

过了十月，天气凉下来了，萧瑟的秋风一波一浪往山上、往西宁谷底冲杀，野外的茶园收起了幌子，但西宁人的好日子仍然在继续，越来越多的温棚改造的茶园里面，生活热气腾腾，美妙的日子随处都在。前年一个冬日的正午，我在南川河西畔漫步，一声声"花儿"扑面而来，歌声来自一个茶社。当天的情景我的朋友有精彩的描述：揭开帘子进去，却是一家略显逼仄的长屋子，极似乡村小学的课堂，列着十几排桌椅，从墙布的颜色看，已很有些年头了。一个女歌手站在台子上漫唱，举着话筒，伴音则是一架雅马哈电子琴，曲调悠扬。伴奏手边嚼着馍馍，边向台下的熟人挤眉弄眼，说三道四，显得极其随意。台下大火熊熊的炉子上架着钢筋水壶，一帮闲散的女人们嗑着瓜子、吸着烟，说些家长里短的小事。那一刻，我并不明白她们就是轮番上场的歌手，还以为是和我一样的茶客呢。靠墙的一侧，几个老汉眯缝着眼，惬意地摇头晃脑，嘴里不时吐出瓜子皮来，看似无心，实则入迷。后来，他们在"花儿"声里度过了丢盹打瞌睡的午后，醒了以后，猜拳行令地喝起白酒，煞是热闹。

其间，还有端着脸盆，一桌一桌地叫卖熟鸡蛋的妇女。茶客买后她丢下几个小纸包，原来是蘸吃鸡蛋的咸盐。还有几个扎着领带、派头十足、戴着硕大钻戒的人，一进门，见人就扔一支高档香烟，嘀咕几句西宁土话，惹得满场子都是亲切的问候声，颇为熟稔的架势。我想大概都是一些听上瘾的茶客吧，一日不闻"花儿"，如三月不闻肉味，浑身乏劲。

落了座，叫了盖碗茶，忙有人跑过来递送大板瓜子和沏茶。水在炉子上熬，牡丹花样的滚沸。冰糖甜得要命，炉火也祛了腿脚的寒意，真是一场不期而遇的盛宴啊！

地道的"花儿"，卓绝的漫唱声。

台子不大，但歌声排云，随便一嗓子，就赛过了许多以此为业的专门人士，也让音乐学院的行家里手汗颜。帘子不停地被揭起来，进来一帮一帮的人。我们是头一批客人，坐了第一排，竟是满眼的牡丹花开，思绪跟着长了翅膀的歌声，跑进了天空。

如果到了赤日炎炎的夏天，在阳光瀑布般倾泻的午后，凤凰山顶上偌大的茶园隐藏在绿树蓝天之下，座无虚席，不断有一帮一帮的人爬上山来。茶园是西宁人的"尕连手"（情人），你听他唱道：

"黄河沿上的牛吃水，鼻圈儿拉不到水里；
端起饭碗想起你，尕面片捞不到嘴里。"

选自《读者·乡土人文版》2007.11

乡　关

林野

村居

陇中的农家，修筑院落多是要四面围墙的，然后留有门。围墙主要是防盗、防兽和挡风。近些年，黄土塬上的树林少了、远了，狼几乎无踪影，只有鬼精的狐狸不时在夜半把谁家的鸡、兔偷偷叼走。由于人家越居越多，越居越稠，这种故事轻易不会发生。因此，院墙的功用渐渐变弱。但大多数人家还是喜欢围墙，爱封闭起来，自然是一种传统的生活方式，庄户人就喜欢这样住着。

黄土高原，最多的便是山。山里人种着山，吃着山，走着山，就连居家也靠山望山。大多数村居坐落在山的南坡，避风又可多晒些太阳。他们先是在山坡选好位置，直挖下去，再把土往前顺推，便有了一块平地。夯实之后，砌墙建房，构筑庭院。

靠山的崖面上，必然会挖出几眼窑来，要多深有多深，用土坯砌了敞着的窑口，留一门一窗一个气眼。既可堆粮放米，安置零七碎八的物件，也可住人。窑洞里冬暖夏凉，真是山里人歇息的好去处。窑门边总会挂着几串红辣椒或几棒留种的玉米，任季节的风吹着，渐渐干去。

这里农家的房子几乎全是常说的"半边盖"，当地人称"一坡水"，屋檐都向院中央低倾，檐与檐并首，像凝聚着一种力量。但客房总要比其他屋子高出些许，有显尊之意。那古朴、淡雅的青砖黛瓦，把这些土木结构的建筑精心装扮一番后，顿使山地平添景致。

无论是窑洞还是房子，窗户都做成木格式样，家家相似，家家又有不同。窄窄的小木条，横折竖斜，编排成一个个令人眼花缭乱的图案。在里侧糊上白纸，贴几样剪花，拙中有巧，巧里带拙，活脱脱的生存情趣。窗户自然不能糊死，需给屋里屋外通亮，便用剪刀或燃着的香头在适当的地方捅出梅花形的圆孔、方孔。有心细之人，不知道从哪儿弄来一小块玻璃，镶在下边缘处。不出门甚至不下炕，便可看到屋子外面的物事。

庄院的周围，总要有一些小小的园子或一溜烟树，也少不了家禽家畜的居处：猪圈、羊圈、牛马圈、狗窝、鸡棚……这些动物，就生生死死地厮守、伴随着农家的一个个日子。有乡俚说，农村人有三样宝：鸡叫狗咬娃娃吵。看来，这打鸣和生蛋的鸡，这守门的狗，以及哭喊嬉笑声中渐渐长大的孩子，多年来便是陇中村居的基调。

拣个黄昏时分，站在山峁上远远看去，那些高高低低的院落像盘面上的棋子，各有各的位置。缕缕淡蓝色的炊烟，从不同的烟囱里悠悠地升起，沿沟沟洼洼山山梁梁漫散开来，又徐徐融为一体，在生长庄稼的土地上飘绕着，依恋着。偶尔有几声鸡鸣或犬吠，时断时续透过烟幔传来，这山塬就不会太寂寞。

陇中的秦腔

说来也逗，陇上人家，偏听不惯陇剧，也不爱搭理京戏，却喜欢秦腔。无论大人娃娃，都能差词跑调哼上几句。有的扛着锄头从田里往家走时唱，有的赶着羊群和太阳一起爬着山梁梁唱，有的一边给牲灵添倒着草料一边唱，有的一手扶着木犁一手扬着鞭子吆喝一声耕牛拉几句唱词……屋里，院里，沟里，洼里，房上，树上，墙上，草垛上，河畔畔上，山嘴嘴上，哪里有人，哪里就有秦腔。

一种唱腔跟了地方，还挺有道理，这西北的山形地貌就像洋芋疙瘩，凸凹不平，站在高处看，远阔粗犷，博大深沉，苍茫无际。有人便说，一嗓子秦腔吼出来，活活是水沟里滚碌碡，有看有响，偏唱词随意短短长长，就仿佛粗枝大叶由着性子生长的山树，你又不得不服气，犁垄里的庄稼一样狂张的秦腔，精工做了，便是能端上桌面的好吃喝。

乡里人唱戏随便，看戏也随便，自家人演，自家人看，自然不用卖票买票。戏台子多是临时拼凑，找一个地势稍高的平台，栽桩、搭架，捂上大篷布，吊几盏马灯、清油碗灯就行。哪地有戏，不用通知，消息像自己长着飞毛腿，比广播电台的新闻传得还要快，四村八邻的都知道。你看那拎小板凳的、骑自行车的、抱娃娃的、扶老太太的，三个一族，五个一堆，有说有笑像赶集一样朝戏台子拢去。戏不开演，台下便嘈嘈杂杂乱成一锅粥。攀亲的、访朋的、问友的、嗑瓜子的、嚼糖果的……一张嘴也不闲着。

冷不丁一声家什响了，大幕拉开，台下便自觉地安静下来，一双双眼睛直愣愣盯着台上，看鼓点催出个什么人物。乡里戏班子的陈设简简单单，但二胡、板胡断不能少，少了就真没戏唱。不一会儿，文官武将依序亮相。踩靴、握翎、抖袍、甩袖、整带、捉襟、亮掌、正帽、理须，幕后一调板，便"啊啊喃喃，咿咿呀呀"地唱将起来。

乡里人大都爱看熟戏，说熟戏有看头，唱词唱腔听上十遍八遍，像碾场一样才过瘾。戏迷们一听那调子喉咙就痒痒，又不敢出声，急得一面在鼻子里哼哼，一面随台上的节拍敲打着屁股下面的板凳腿。《铡美案》

不知道看过多少遍，还是要撺去看。看一遍，骂一通陈世美。陈世美要是纸糊的，早骂出窟窿来了。骂着骂着，必然要扯上村里负了心的某某男人。

热肠、厚道、富于怜悯和同情心的乡里人，兴许是过惯了艰涩日子，生爱看《卷席筒》《窦娥冤》这些苦戏。戏唱到苦处，便会引出各人的心事。往往是台上哭，台下也有人哭，好像台上台下是同一出戏。

这戏也能唱出笑话来：那"头戴黑来身穿黑，浑身上下一锭墨"的包青天从幕后走出，去陈州放粮路上忘了带胡子，台下人笑，他意识到了，但不笑，一本正经地唱道："陈州放粮胡子掉，王朝马汉去寻找。"随后的两位倒也机灵，打一个诺儿，转身去了幕后，拿出胡子来，有板有眼地说："禀相爷，胡子找到。"谁知这位包拯随口而语："戴球子上。"台下哄然大笑，戏却唱了下去。

看秦腔，多半是听秦腔。看时，看姿势、看动作、看脸谱、看戏衣、看情节；听时，听腔、听调、听词、听锣鼓一应家什、听韵味。又看又听，方能感受其滋润处。外地人便打诨：北京人是抡圆了侃，西北人是扯开了唱。据说有个京城来的大官，被邀为嘉宾看一秦剧团演出，看到半道，不停地拿出手帕擦额头上的汗，陪同的地方要员问他是不是身体不舒服，他说："不是，是戏看得吃力。"幸亏看的是大剧团的演出，倘若是乡里的戏，非开救护车来不可。

你说这剧种不好吧，偏就有不少人爱看爱听也爱唱。这几年，虽然流行歌曲无孔不入，可硬是冲不垮黄土高原上这股传统神韵。

选自《读者·乡土人文版》2003.07

妖尽人间春

叶文玲

扬州静。

静，是一种气象；静，生自从容、出自平和。

蕴含着古代文化深厚积淀的扬州，无例外地拥有当今诸多的繁华，可令我惊异的是，它没有许多城市（包括杭州）因为繁华而生的嘈杂，仍然保留着如今难得的那份安静。

那是如同大家闺秀般的一种娴静，那是一种与生俱来的涵盖着修养品性的"每逢大事有静气"的从容。

于是，即使条条马路车流如梭，却没有高分贝的轰鸣，行人井然有序地走动，在大街小巷活动着的男女老少，仍然是"处惯大事不用忙"的悠闲，仍有那份从容不迫的娴静。

作为匆匆过客，我虽然不熟悉扬州的交通，也说不清它到底有多少条主干道、多少条小马路，但在我所到之处，没有大街小巷人拥车堵的窝心，也没有吵吵嚷嚷的喧闹场面，即使在舟楫穿梭的瘦西湖和游客如过江之鲫的名园，也是热闹而不嘈杂，繁华而未见纷乱。扬州给人的整体印象是从容，这是因为它骨子里有着古已有之的因文化而生的大家风范的娴静。

扬州雅。

　　雅，是一种风度；雅，源自修养，也源自文化，积淀了深厚的文化才能孕育出优雅。就这一点，它与苏州和杭州非常相似。但就从容大度、静中生雅的气质而言，我觉得扬州似乎更好。

　　"天下三分明月夜，二分无赖是扬州。"一入扬州，这些很有韵味的小诗立刻浮现在脑海。扬州焉能不雅？扬州的湖桥水月、难以计数的才子佳人和同样数不清的美食书画，是从古延续到今的。只要你站在某个城角四下一望，只要你翻开有关扬州的史籍，立刻就落在了历史文化的烟云里，那教你惊诧不已的古典之品、经典之物，马上就会令你感觉到深厚华美的文化，而只有这深厚华美的文化，才能孕育出这无处不有的优雅。

　　扬州风流遍地，优雅遍处，有大雅也有小雅。这里，不说让我敬佩得五体投地的博物馆，也不说那些大大小小的名园和亭台楼阁，我的双眼首先投向扬州的街巷。

　　到了扬州，只要在任何一条大街小巷驻足，只要在湖畔河边的任何一处闲步，就会随处可见杨花柳絮款款起舞，那些伸在河畔桥边的一角角飞檐，不经意间就映入了眼帘，这一点，那一点，向你展示着扬州无处不有的闲适和典雅。再加上一溜黑瓦白墙和时隐时现的清曲丝竹，那是无须千呼万唤而自然而然展现的千娇百媚，一颦一笑间，就让你体会了什么叫"江南水乡、绿杨人家"。

　　然后再看那些人家。他们不见得是达官贵人或阔佬富翁，很可能祖祖辈辈都是平头百姓。然而百姓自有百姓的平淡日子，即使祖孙三代都是引车卖浆之人，这些人家却还可能有两间一厅和用结结实实的板壁隔出来的堂屋，那堂屋里也可能还摆着一张老祖宗传下的香案条几或者一张虽然褪了漆却是用地道梨木做的八仙桌和一对明末清初的靠背椅。虽然这些人家的墙上可能是老式挂钟，屋里也许是便宜的冰箱空调，但他们的日子非常闲适：一日三餐说声"开饭"，一张小方桌稳稳当当地摆在天井里，米饭、汤包是顿顿有的，随着时令的香椿、荠菜和老湖菱也屡屡上桌，还有河里摸的螺蛳和家鸭产的鸭蛋，荤素齐全、清清爽爽的几样蔬菜再加一碗四时羹汤，碧绿透鲜，不等下咽，就让你的喉咙里早早爬出馋虫来！风尘劳碌中来到扬州，住在这样的人家，尝尝这样的家常便饭，用不着说雅，用不着夸好，你都会羡煞了这样的日子。

雅的另一种含义是秀。秀雅秀雅，秀也是雅，雅也是秀。从这一点上说，扬州当然也是秀的，扬州的秀体现在它的许多名园中。扬州有好园林，自在意料中。原来，我曾以为天下园林以苏州为最，扬州再好，也不及苏州吧？谁知却不然。

苏州园林让我明白了一个园子的好处全不在大小，而扬州园林的秀，除了"花香不在艳，室雅何须大"的秀之外，不但有"木秀于林"的秀，还有个性秀和奇美的秀。说到扬州的名园，特别是"何园""个园"，真叫我大大地感慨了一回。

人们说："扬州的万种风情源于精致。"这话不假。扬州名园以及扬州的秀，就在于精致，这种精致存在于园林，也存在于居处环境。老百姓的旧居只不过是一种，如果说"人生只合扬州居"是今人对古人张祜诗意的演化，那么，如今的扬州已经开发了许多极有情趣的新颖小区，那真是又静又雅又秀的好所在，所以说，住在扬州真是"犹住天堂"。要不然，2004年扬州为什么获得"中国最佳人居奖"呢？

扬州润。

如果说扬州的雅是天生的，那么，扬州的润也是古已有之，它既得自文化也得自最为丰厚的物质——水。

水是城市的血脉，一个天然有水的城市，就像浣纱的西施和临水的洛神一样，那份天然的美丽中就更加增添了生动活泼，一个有着河水、湖水兼江水滋润的城市，当然就更加娇艳，无比妩媚。

扬州不光有漕河、运河，不光有万千诗词赞誉的瘦西湖和许多明珠般的小湖，真正最能滋润扬州的，当然还是她紧紧傍着的母亲河——长江。

傍着长江的扬州，自古以来就得益于水之利和水之润。今天，一条连接扬州和镇江的大桥也已开通，那桥名，做的就是"润"字文章：润扬大桥。

自古是南北交融、东西交会之地的扬州，早得水运的舟楫之便。而今，长江润扬大桥的开通，更使扬州与对岸的镇江紧紧相连，实现了江河湖海的联通，实现了水路、公路、铁路的联运，加速了世界各地的生产要素向扬州的汇集。

雨中看桥，不减游兴而只添豪情。在雨中，凝望着这座将"悬索""提拉"两种先进的建桥技术融为一体、总长度为"中国第一、世界第三"的大桥，咀嚼着扬州人自豪的"飞越天堑第一跨"，我切实感到了扬州飞跃的分量，无怪扬州人自豪地将其誉为"腾飞的新跑道"。因为大桥的开通，带来的不只是万商云集的盛况，我感觉到的是，一个以一连串迷人的数字做底牌的"实力扬州"，正以无限妖娆的形象，在世人的眼前傲然耸立。

在浩渺相接的水云间凝望雨中的大桥，对扬州美滋滋的润，对扬州独有的静雅秀润，我更有了不变的认定。

在"四桥烟雨楼"，不知自己依然沉醉着还是清醒着，抓过笔来就写：

朝辞武林门，午谒明月城。

江南两西子，妖尽人间春。

扬州，把我变成了痴人和醉人。不，应当说，扬州，从此是我的情人。

瑶里：一个遥远的瓷茶仙境

汪春荣

走入瑶里，恰似走在历史的风尘中，深感超越时空，顿生思古幽情。瑶里位于江西省景德镇市东北，离市区六十公里。走入瑶里，就像走在历史的风尘里。

湮没于历史风尘中的古镇

我曾经数次叩访古意浓浓的瑶里，这里山奇水秀，令人徘徊不忍离去。而古香古色、建筑风格独特的古宅民居，山水又为它增添了几分韵致。

沿着徽州古道，一步一步地走入瑶里，就像走在历史的风尘里、自然的深邃中。青山上、村道旁，不经意间，一棵古树、一根古藤、一段残垣、一块断碣、一口水井……都有一个传说、一则典故。古老的瑶里，像是一部浓缩的历史教科书，细细品读，意韵悠长。正逢斜云遮明，余光挥洒下来，铺得眼前一片流金，使景色清晰却又似罩上了一层朦胧，极具古意。人浸染在古意中，顿生思古幽情。

此时，我看到一个女人坐在街边纳鞋底，春意慵倦，树影婆娑。原来，这里就是曾经维系着很多文人墨客情怀和深闺丽人梦境的瑶里明清古街。

迈着轻轻的脚步，沿着曲折的巷弄，踏着年代久远光滑的青石板路，听任双脚被什么牵引着前行，好似回到了一地如歌的山水，一处梦里的天堂。瑶河穿镇而过，数百幢明清徽派古建筑依山傍水、错落有致地分布在瑶河两岸，飞檐翘角、粉墙黛瓦，掩映在青山绿水之中。

瑶里依然宁静，然而面孔越来越陈旧，越来越苍老。耳边响起北宋诗人泛舟河上的名句："水是眼波横，山是眉峰聚。欲问行人去哪边，眉眼盈盈处。"

走出瑶里，蓦然回首，那笼罩在苍茫中的古镇，还是那般妖媚，那般含情脉脉，犹如一个历经风雨沧桑的老人，呈现出一种古朴之美。

古窑·碎瓷·绕南女子

从水路到土路，一路是淋湿了的断简般的记忆。都说雨中的绕南最美，如泼墨山水一般风姿绰约，我一时也难以读懂这如画的秀色。

烟雨暮色中，一座又一座古老的龙窑显现于朦胧的天地之间，如同一幅构图考究的画卷。透过历史的天空，依稀可见蜿蜒的河流，崎岖的山路，湿漉漉的野草覆掩着前行者几行歪歪扭扭的脚印。

很老很绿的山，很绿很老的河，有一只小竹筏，筏梢上依偎着两只安详的黄嘴小鸟。

也有遗憾。如果今天有阳光，它定会把摇曳的倩影留给那妖媚的河水，便能听到历史的回音："家家窑火，户户陶埏。""重重水碓夹江开，末雨殷传数里雷。"

原先的绕南，水碓在历史的上游缓缓地旋转。那曾经布满龙窑历史碎片和窑工深深脚印的绕南，早已旧貌难寻，绕南的概念已属于那个遥远的年代。眼前只有无声无语的河水，西风残壁，逝者如斯，该有多少辉煌和传奇？该有多少动人的故事和传说？

在我的想象中，从古至今，窑火昼夜孜孜不倦地燃烧着，釉彩跳着妖艳绚丽的舞蹈，沿一湾没有名字的流水，将瓷的脉搏与涟漪一起传承下来。

在我的想象中，绕南的女子都是从瓷器上走下来的如画般美丽的仕女。绕南，那是一座美的圣殿。那里的瓷工，都是掌握了炼金术的时光魔术师；那里所有冒烟的窑包，都是诞生梦想和奇迹的摇篮。

漫山遍野的青花依然鲜美，仿佛绕南女子的目光；古窑、碎瓷，纹理依然清晰耀人，仿佛新茶绽开的第一抹绿。静静的绕南，守着静静的河水，远离曾经的喧嚣、浮华；静静的绕南，远离沧桑的史籍，只留青山绿水任人咀嚼。

回望绕南，心里竟怀着隐隐的惆怅。我知道那种惆怅叫作"乡愁"。心怀乡愁，不仅为故乡，也为那个叫作"绕南"的地方。

穿越时空的茶香

自古名山出名茗，瑶里接黄山之灵气，方圆几十里，长年崖壑幽深，雾雨弥漫，是崖茶自然生长的天然宝地。崖茶或依山，隐现于古树青竹之间；或依水，倒映于溪流之上，与幽深的涧底、陡峭的崖壁、缭绕的云雾相映成趣，如诗如画。据史书记载，唐朝已有人在此栽植崖玉茶，宋朝列为皇家贡品，明初朱元璋品尝后指定为贡茶。唐朝大诗人徐寅曾赞崖玉茶曰："致山川精英秀气所钟，品具崖玉骨花香之胜。"

白居易骑着毛驴来到瑶里，因迷醉"崖玉""仙芝"如仙境，用他的生花妙笔写下了千古名句："商人重利轻别离，前月浮梁买茶去。"

我悠闲地走着，街边不时可见幽深的厅堂、幽暗的陪弄、雕花的门楼，幽深中透出一种淡雅，静寂中显现着无限生机。茶农守着茶炉用古老的方法细心地焙茗，新采撷的松散叶子一点点收敛起锋芒，制成最原味、最纯美、最甘醇的崖玉茶。

河的两岸摆着几把竹椅，很多游客或品茶，或弈棋，或浏览着古镇风情，或观赏河鱼，真心地感受着世外桃源般的悠闲和宁静，进入"茶热清香，客至最是可喜；鸟啼花落，众人亦自悠然"的境界。

茶兴渐浓，我想起苏东坡的两句诗："蟹眼已过鱼眼生，飕飕欲作松风鸣。"我捧起茶杯，热气散开，茶香弥漫，杯中汤色清澈，郁香袭人。品茗间极目远望，但见远山云雾缥缈，万绿丛中红衣点点，若隐若现，那是采茶女在采摘新茶。

于风雨飘摇的午后，坐在瑶里古旧的瓦屋纸窗下，生一个红泥小炉，一小杯在握，想什么或不想什么，等待着或不等待，悠然自得地听着木炭在炉火中"噼啪"有声，慢慢就超越了时空。

千年古木，千年风雨

从远处观望，可以想象"烟雨群山"的样子。

我在几棵被雷击中了的枯树旁停住了，枯树几人合抱，兀立路旁，给人一种冷峻苍凉之感，透出阴森森的原始氛围。

在密不透光的原始森林里，我看到了许多千年古木，有的老死了，有的倒下了，有的经过千年的风雨，依旧傲然挺拔、郁郁葱葱。

不知何时，惊人的景象已经出现在眼前。从高及云端的山顶上，一幅巨大的银帘奔流而下，气势之雄伟，恰似天来之水。那一级级的瀑布就形成一条瀑布链，形态不一，姿态万千：虎跳、马奔、龙游……如帘、如绵。

选自《读者·乡土人文版》2006.10

一墨乌镇

彭学明

　　说乌镇是一墨乌镇，是因为乌镇的底色是墨色的。淡淡的墨色，让乌镇显得格外古朴。乌镇像一个上了年纪的老人，千年如一日地站着、坐着或者蹲着，老成持重，又沉稳肃穆，沧桑而简朴。一件粗布衣穿了三千年，一条灰色裤穿了三千年，一床褐色被也盖了三千年。这三千年不变的颜色和本色，成就了乌镇，让乌镇以一种润物无声的力量穿越了时空，扬名中外。

　　乌镇是老，但老得周正，老得硬朗，神清气爽，就像酒，越陈越香。斑斑驳驳的墙壁，只是它风霜岁月的一层老茧；墙顶的几把荒草，只是它仙风道骨的几绺胡须；而那些浅浅淡淡的青苔，则是它人生历经磨难而生的一点点老年斑。石板铺就的街巷，平平仄仄地穿行在乌镇的每一个角落，或长，或短，或窄，或宽，或直，或弯。没了这些街巷，乌镇就没了章法，乱了方寸，乌镇就成了一潭死水、一盘死棋，乌镇的人就走不出自家的屋檐，只能坐井观天。上了年纪的人，有许多上了年纪的记忆；花儿正开的人，也有许多难忘的回忆。不管是谁，只要走进乌镇的这些小街小巷，只要踏响每一块发亮的青石板，就会唤醒许多尘封的故事，生出许多深沉的遐想，披上一身古色古香。

　　不要说戴望舒的雨巷和丁香一样的姑娘，乌镇有的是江南柔情的雨丝，有的是雨丝下打伞荷笠的姑娘。乌镇本身就是一束江南的丁香。你运气正好，对面走来了一个江南的女子，背面也走来了一个江南的女子，两个女子都艳若桃花，两个女子的秋波都与你在这里狭路相逢，你选择哪一个？哪一道秋波更能打湿你爱情的梦？哪一泓秋水更能漫进你温柔的梦乡？如果为难，那就别急，先跟着她们走走，往她们的家走，往乌镇的深处走。

进得家来，一声声吴侬软语会给你让座。院子虽有大小之别，却是一个风格。临街的墙是木板，背街的墙是火砖。临街的一面都打开一扇窗口，或开一个店铺，或看过往的行人。院子里，青青的平砖铺地，有水阁，有绣楼，有回廊，有精雕细刻的门窗和木床。那门窗和木床真漂亮，花在上面开，鸟在上面叫，蝶在上面舞，鱼在上面游，还有蔬菜、庄稼和家禽，都在上面鲜活地成长。也许他们一辈子就是为了一栋好房和一架好床，所以他们才费尽心思把智慧、荣耀和一生的梦想都刻在了上面，留给了后人。

无论荣华富贵还是淡泊清贫，乌镇都是含蓄而内敛的。就说徐家厅、朱家厅和张家厅，里面那么富丽堂皇那么气派，外面却与平民百姓家一样普通，有如小家碧玉，与整个乌镇浑然一体。由此，不管怎么看，乌镇就都有几分平淡几分儒雅。打铁的、染布的、唱戏的、经商的、穿官袍的，都在不经意间透着一种平和、一种文气。不知是家家都种着花养着鸟，还是个个都识点文断点字，时光和岁月就是遮不住乌镇人的淡淡书香。是什么呢？或许是家家门前挂着的那盏红色灯笼，或许是条条巷子飘出的那段印花染布，或许是满镇子飘着的那比歌声还柔软的声声吴语。

染完一段花布，编完一个竹筐或者煮好一壶老酒，乌镇人就三三两两出来，或摇着蒲扇斜倚在自家的门槛边，或端着茶杯来到街头的戏院茶楼，听风说雨，谈古论今。一个个故事，一则则新闻，还有一段段传奇、一桩桩姻缘，就这样把乌镇点染得更加文雅和温情。茅盾先生笔下的那些人物，也许就是这里的乡亲。乌镇出了不少人物，但有一个茅盾就够了！一个茅盾，就足以让乌镇骄傲。

其实，更精彩的是在水上。乌镇的水是浑浊的，远不及我故乡湘西的水清澈甘甜，但乌镇的水是为乌镇而生的。没有乌镇就没有这条蜿蜒迤逦的水巷，没有这条蜿蜒迤逦的水巷就没有水，没有水，乌镇就没了水色没了灵气没了生命没了灵魂。之所以说乌镇的水是为乌镇而生的，因为乌镇的河是人工的，这运河就是因为乌镇而来这里安家落户的。如果不是为了与乌镇结缘，这运河就不会绕这么远的路。乌镇与水的关系，是血与水的关系，血浓于水，血也融于水。

这条水巷是乌镇的血脉，软软的脉管上，是乌镇的每一个细胞每一个细节。租一条舴艋舟，我们就驶进乌镇的水墨画里了。悠悠的水巷，像一支写意的画笔，轻描淡写地描摹着两岸，勾勒出两条笔直的风景线。黑瓦白墙的民居，仪态万方地闪立在两边，一半住在岸上，一半跳进水里，它们像一群淘气的孩子，把脚伸进水里，把手也伸进水里，戏弄一河鱼虾。水阁的窗口，往往会探出一张女儿的脸，那不是茅盾笔下的淑女，就是我们江南的表妹，好美，好美。于是你觉得，河的风景都被这女儿的脸照亮了，河的水阁都是这天上掉下来的"林妹妹"了。本来也是这样，你看，在那岸边的每一座河埠旁，在河埠的每一条帮岸上，在帮岸的每一条廊棚里，在廊棚的每一个美人靠里，你都会看到一个个洗衣淘米的表妹，一个个挑花绣朵的表妹，一个个等待爱情的表妹。美人靠是什么？美人靠是水乡女儿的专用工具，在临河的每一个廊棚里。不管是男人女人，你都靠一靠吧。靠一靠，你就是美女了；靠一靠，你就有美人了。

坐在船上，看着风景，想着美人，再品一品乌镇男人用白水白面白米酿制的"三道白"酒，品品乌镇女人手擀的姑嫂饼，乌镇的滋味就全了，你就品不尽想不完，就乐不思蜀、游而忘归了。

那么，留下来，你就会是茅盾先生笔下的一个人物，是千年乌镇的一个情节和段落。

选自《读者·乡土人文版》2010.04

在深圳听南腔北调

谢有顺

走的地方多了，南腔北调听起来并不陌生，反倒习惯在谈话前，问问别人的籍贯，一年能回几次老家，家里还有什么亲人，等等，盘问得紧了，那人就会警惕起来，以为你有什么用心。用心是没有的，我无非是想了解，面前这个人是从哪一个地方长出来的。一个人，总是要吸一个地方的地气的，而这种地气，往往又会影响这个人的口音、性格、爱好和习惯这些，你想藏都藏不住。有一些人，到了新的城市，就想完全融入，彻底忘记自己曾经的口音：很多人到了上海，就生怕人家看出他不是本地人；有些人去了北京，说普通话时，舌头也卷得厉害了。可见，北京、上海这样的地方，是有一种精神强势的，外地人到了那里，多少总有一些压力。

深圳就不同了，它本来就是一个移民城市，无论你来自哪里，都无须在深圳隐藏什么，天南地北，五湖四海，一群人聚在一起，说起家乡来，往往分布在大半个中国的版图上。多数的时候，十个人聚会，口音就遍及十个省，连老乡这样的概念，在深圳都丧失了意义。深圳，成了一个浓缩的中国。就像深圳那个著名的"锦绣中华"缩微景区，把全国一百多个著名景点都按比例复制了过来，真是气吞山河。

你很难想象，这样一个高度发达的现代都市，在一九七九年的时候，它还只是一个经济落后、人口不到四万的小城——宝安县。三十年时间建造出了一个发达城市，这就是深圳速度。我每次走在宽阔的深南大道上，看高楼林立，百花盛开，心里都会有一种梦幻感。很多人来深圳，是为了实现心中的梦想，而那些络绎不绝的游客，也是为了到深圳来看一个真实、具体、触手可及的神话。

除了"神话"二字，再没有更好的词可以用来形容深圳了。

稍微离开市区，你当然也可以看到大鹏古城，看到带着旧城门的古城墙，还有明清时代的赤湾炮台、客家村，更不用说海景迷人的大梅沙、小梅沙了。这些是深圳的历史，但深圳真正的魅力，还是那些像变魔术一样出现在市区的都市景观。一水之隔的香港，曾经是中国人向往的地方，几十年前，很多人不惜性命要游到对岸去，希望做一回那里的难民。三十年河东，三十年河西，现在，轮到香港人羡慕深圳人了，可以住那么大的房子，吃那么好的菜，还有闲钱游历世界、救济孤儿。

深圳地处珠江口东岸，与香港、东莞、惠州接壤，呈狭长形，一个弹丸之地，居然蕴含着如此巨大的能量，这恐怕是每一个中国人都料想不到的。我每次去深圳，都在旁观这个城市，它何以有如此大的容纳力，又何以能让这么多人对它不离不弃？后来发现，杂收各种智慧，并使各色人等都对深圳有强烈的认同感，这恰恰是深圳奇迹得以发生的关键。

南腔北调成了深圳精神的正统，这何尝不是一种文化的活力之所在？有很长一段时间，我觉得深圳像北方城市，大概初来此地创业的人，很多都来自北方，影响了这个城市的整体性格，至少，南方城市的柔软，在深圳并不突出。可这有什么关系呢？北方的，南方的，得以汇聚一炉，这正是深圳的襟怀。早上见面互道"早安"，上酒楼吃精致的点心，这个时候，所有深圳人都是南方的；而回到家里，忙着下面条补肚子或者吃实心馒头，这时的他又成了北方人。离家多年，他终究改不了爱吃面食的习惯。

深圳无须你改变自己来适应它。正如你走在深圳大街上，全国各地的饭店，你都能找到，想吃什么就吃什么。湖南人进了山西饭馆，也吃起醋来，目的是下次你请山西人进湖南菜馆时，他也愿意和你一起吃土匪鸭；广东人吃东北的酱骨架，弄得满手肉汁，他不会抱怨，正如东北人在喝广东的老火靓汤时，他不会觉得肚子被灌饱了，菜还没上来。在别的地方，饮食上有时众口难调，一个饭局下来，有些人可能只吃了点青菜——别的菜，都辣得他无法下筷子，但在深圳，这样的事情不会发生，因为大家都懂得有别人的存在。

我喜欢深圳的南腔北调。那么多人杂着乡音，有一句没一句地说着话，临走时，还约着下一次在哪里喝茶，多好！他们是陕西的、甘肃的、新疆的、广西的、贵州的、四川的、山东的、河北的、黑龙江的……这一刻，他们都是深圳的。

选自《读者·乡土人文版》2008.12

在西安慢慢地读懂城墙

赵　熙

朱元璋攻克徽州后，一个名叫朱升的隐士告诉他应该"高筑墙，广积粮，缓称王"，朱元璋采纳了他的建议。当全国统一后，他便命令各府县筑城。朱元璋以为"天下山川，惟秦中号为险固"。西安古城墙就是在这个筑城的热潮中，在唐皇城旧城的基础上扩建起来的。明代的西安城墙曾是一个庞大而精密的军事防御体系，也是我国现存最完整的一座古城堡。西安古城墙显示了我国古代劳动人民的聪明才智，也为我们研究明代的历史、军事和建筑等提供了不可多得的实物资料。

"长相思，在长安。
络纬秋啼金井阑，
……"

李白的一首《长相思》，让人回味无穷，思绪绵绵。即使你远在天南海北，即使你从未到过西安这个曾见证过 13 个王朝兴衰的帝都，只要你是身上流淌着中华民族血脉的"龙的传人"，都会有一种"梦魂不到长安路""天长地久魂飞苦"的渴念情怀。

那时的长安（现在的西安），虽经几千年的风雨变迁，但积淀于这块故土的历史文化和古老的风土习俗，仍然醇厚绵长，令人流连而遐思。其实，在西安建都的 13 个王朝，留给当今世人的最为明显、真实而又最具王权气势的建筑，便是迄今仍然保存完好的西安古城墙了。

西安的古城墙，是中华民族古老历史文化的凝聚和缩影。

3000 多年前，我们的祖先周人为图发展，实施东迁。周武王东进伐商时，在距现在西安西南 10 多公里的沣镐遗址，沿沣水建立了镐城。战国时期，兴于渭河上游的天水一带的秦人，借周人东迁，经 10 多次迁移都城，逐渐强大并发展到关中大部地区，最后在咸阳建都。后来，秦始皇嬴政以咸阳为中心，统一六国，建立了中国历史上第一个统一的、强大的"东方帝国"。宏伟的帝都，壮观的阿房宫，是何等气派！然而，秦施暴政，统一之后仅 15 年，这"覆压三百里，隔离天日"的阿房宫，就伴着秦王朝的覆灭而被焚毁于农民起义的烈火风烟中。

历史总是在错误的沟渠中曲折前行。古长安都城的真正建立是在西汉建立后，由汉高祖刘邦、惠帝、武帝所建的汉长安城，距今西安城西北方向 10 多公里，周长 65 里。汉长安城"南为南斗形，北为北斗形"，有 12 个城门，可谓"通达九逵"。城中长乐宫、未央宫及城外的建章宫宏大辉煌，开凿的昆明湖、兴建的供皇帝游乐的"上林苑"，使"大汉帝国"的都城壮观瑰丽，举世无双。隋初重建"大兴城"，唐代又在"大兴城"的基础上，兴建了宏大的唐"长安城"，至此，奠定了长安古都城的地位。

"长安百万家，出门无所之"，便是昔日大唐都城长安繁华兴旺、通达广宇的写照。规模宏大、豪华壮丽的古长安城，同隋代的大兴城面积相当，周长约 36 公里，一般墙基厚 9~12 米，城门处的厚度则达 20 米。全城 110 坊，呈棋盘方正形，100 多万居民和豪华的太极宫、大明宫、兴庆宫，使得唐长安城成为当时世界上最为繁华的大都市。大雁塔、曲江池以及供皇帝贵族游乐的上林苑，给这座都城更增添了自然天趣。晨钟暮鼓、朝霞夕晖、灞河柳烟，构成盛唐之瑰丽气象，给无数文人墨客以诗情画意。"三月三日天气新，长安水边多丽人"，是唐长安城如花似锦、春晖丽日的写照，那"杨花雪落覆白鸥，青鸟飞去衔红巾"，春风骀荡、莺歌燕舞的景象，该是怎样的诱人呢！

　　然而，唐明皇后期的"安史之乱"及唐末的黄巢起义，使300多年的唐长安城趋于衰败。公元904年叛将朱温挟昭宗迁都洛阳，命长安居民"按籍迁居"，把长安的宫殿、街房、楼亭等全部拆毁，这座当时的"世界第一都城"，就这样变成了一片废墟。

　　明朝初年，都督濮英在唐末佑国节度使韩建缩建的"新城"的基础上，增修"长安城"，周长20公里，高30米，设东、南、西、北4门，依次为安定门、永宁门、安远门、长乐门。城墙顶宽12～14米，底厚15～18米。歇山式城楼巍峨壮观，4座角楼峻奇雄伟。后来的巡抚张祉，为城墙砌了一层青砖，使明代的长安城更增加了雄伟的帝都气概。今日之西安城墙，便是历经千年风雨的明城墙的真实遗迹，是全国乃至世界少有的保留完好的古都城堡。

　　我曾无数次或陪友人或独自登上西安的古城墙，漫步城头，俯瞰古城内外，遥望巍巍雁塔，聆听钟楼钟声，抚摸城墙垛口留下的炮眼枪痕——这古城墙灰色的躯体，其实仍然富有鲜活的血肉和生命。躺在萌生了鲜绿小草且残留着战壕的城头，迎着微风的轻拂，聆听城楼风铃的絮语，感觉这古老的城墙如同一位饱经沧桑的老人，向我们安详地叙说着从古到今的历史。傍晚的夕晖，像一片染血的霞光，把这座古城墙的楼阁、城垛衬托成褚红色，使这些青砖厚土如同浸染了先贤们的殷殷鲜血，让我感受到了一个伟大民族的苦难、奋争和走向进步文明的呐喊。

　　且不说这座古都千余年的兴衰荣辱和帝王将相、权贵相争所演绎的一幕幕血火相残、悲欢壮烈的故事，单就近百年在古都发生的震撼世人的革命事件而言，便是一部惊天动地、气壮山河的读不尽的血火史书。

　　新中国成立后，西安的城墙成为国家的重点保护文物，政府拨款一次次地修复和保护这座明代"长安城墙"的原貌，并疏浚了护城河，开发了曲江池，开放了护城公园，修建了气势恢宏的大南门绿色广场和大雁塔北广场。每当有宾客从远方来，大南门便举行大型的迎宾仪式，城头红旗飘飘，鼓乐声声，灯笼明灿，30里长的西安城墙，霓虹灯勾出城垛的连绵轮廓，与星月相辉映，如金龙狂舞，真似"盛唐"举行朝中大典。

　　初春的日子，当我陪故友重登古城墙时，腊梅花已在城下绽放得一片灿黄——"战地黄花分外香，古都似春蒸蒸上"。放眼四野，心旷神怡；漫步城头，融融春光。一个披着时代盛装的新西安，正在向我们走来。

选自《读者·乡土人文版》2006.05

开封有条双龙巷

刘晓希

最近一次踏进双龙巷，是去年夏天。

那一天是姥姥离开这个世界的第二天。姥姥临走的那一刻，我用手机拍下了我们手拉着手的画面，当时她的指尖已经发紫。她走后，我并没有帮着家人料理后事，而是一个人来到双龙巷，因为我听说，那里的人们差不多都已搬走，双龙巷很快就将被打造成新的城市景观。

我知道，双龙巷也将离我而去，人们厌弃破败、垂垂老矣的旧物，但我仍想再看它一眼。

幸运的是，当再次走进双龙巷，我仍能看到遗落在几乎被掏空的旧房子里的破沙发，上面仿佛仍然坐着我曾经熟悉的人，他们抽着烟，沉默不语；我也看到了不谙世事的葡萄藤，依旧讨好般地努力结出翠绿的果实，它们不知道，这次，将不再有人将它们的果实摘下。

物为谁留？花为谁开？很快，旧家具将被全部清理，葡萄藤也会被连根拔起，而我担心的，是记忆行将消逝。

于是，我用力地抓拍残存的院落、凌乱的电线和此时还开放着的花朵。我知道，一切终将离去，但我总得留下点儿什么，就像我明明知道亲人已逝，但仍想定格那最后的一瞬间。

一

2005 年，《纽约时报》曾发表了著名专栏作家克里斯托夫的一篇文章《从开封到纽约——辉煌如过眼云烟》。在这篇文章里，作者写道："开封，一座坐落在泥沙淤积的黄河古道上、历史悠久的文化古城，是公元1000 年的'世界之都'……今日的开封，肮脏又贫穷，它不是省会城市，甚至连小型机场都没有。"

这篇报道刺激了世世代代扎根于这座城市的开封人。于是，有那么多对开封怀着深厚情感的家乡人，期盼着沉寂了 800 余年的开封在新一轮的都市景观建设中迎接属于这座城市的复兴。在这个复兴的过程里，生长、生活在开封的文人们，同在这片土地上不遗余力地进行施工的城市建设者们一样，不断地试图挖掘掩藏在今日开封背后的那段历史，或者说是那段荣耀的历史，并赋予其可供当下解读的崭新意义，向世界宣告"夷门自古帝王州"。

从上海世博会期间，动态版的《清明上河图》亮相中国馆，到有学者将写于南宋的《东京梦华录》在学术层面上提升为带有创伤记忆意味的"梦华体"叙事；从张长弓的《鼓子曲言》以深入民间的姿态讲述开封，到张一弓以长篇小说《远去的驿站》完成与父辈之间有关"开封书写"的对话；再到 2008 年开封女作家孙彤凭借《城市空空如也》荣获台湾地区"联合文学小说新人奖"，开封这座古城一再被推上新世界的前台。

特别是在《城市空空如也》这部小说里，孙彤将开封的古城属性与文本的现代叙事特色相结合，成就了形式与内容两方面的"开封书写"，小说中随处可见这样的铺陈："这座城墙的独特之处在于，城墙下还是城墙，被黄河水淹没后，深埋的城市和在它上面崛起的城市，地理位置分毫不差，城市摞着城市，城墙摞着城墙，也许尸骨摞着尸骨。考古人员挖掘发现，地上是残存的明清城墙，地下就是宋代城墙，直至春秋战国时期的城墙，一代一代，层次分明，像翻动的书页。"

无论如何，历史是无法埋葬的，就如往事无法掩藏。

这种"他者"视角的讲述，干预性地将客观介绍与作者的情感融会贯通。在这里，铺陈之处皆为双关语境，转喻之间，道不尽的是对古城沉浮的个人情感投射，而难以掩藏的却不仅仅是与故事相关的"城市"，更有身为开封人的骄傲和憧憬。

的确，大多数开封人都在做着同样的事情，他们对一代繁华烟消云散后的今日之城予以悉心重构，这种重构多少含有对当下自我价值的想象性抚慰。然而，殊不知，千年"华胥之梦"并不只是汴梁的命运，它更是所有城市的命运。正如董启章在以《东京梦华录》为蓝本创作的香港《梦华录》中写道："'梦华'二字，应是世界上所有曾经光辉一时的城市的终极归结。梦之必破，华之必衰，似是千古不变的定律。"可是，"当时间在写作中成为永恒的运动，过去与未来即成就于当下。梦未必虚，华未必堕，一切经验，一切存在，一经集之、录之、志之，就可以脱离单一的时空，成为无限衍生和延伸的世界"。

因此，在我心中，开封有待复兴，但这种复兴绝不是所谓拆解现有的世界，并为之砌上刻意造作的红墙绿瓦。开封很好，一直很好。我们不必叹息逝去的点滴，因为，梦必破，华必衰，没有哪座城市能够逃脱这种宿命。然而，我们必须要善待眼前的一切，这不单是指为人熟知的清明上河园、龙亭、铁塔、包公祠和开封府，更是指那些融入了开封人生命体验的一街、一物、一刹那。

二

张一弓的长篇小说《远去的驿站》卷首中写"胡同里的开封"，叙述的故事虽发生在开封，可这座古城的"圣地"大多缺席。

事实上，一座城市对人的吸引力，绝不在它拥有几个 5A 级景点。哪怕是张一弓这样的文化名人，他的"开封书写"，也不过是写了几个与之生命有交集的地名而已。作为一个离家多年的游子，我多么不希望看到凭空多出的七盛角景区，因为它取代了我年少时每日穿梭其间的文化新村；我多么不希望看到拔地而起的新玛特购物中心，因为它将我记忆里的新街口夷为平地。

今天，我自然领略不到"花间粉蝶双双，枝上黄鹂两两。踏青士女纷纷至，赏玩游人对对来"的金明池，也无缘亲见"百般美味珍馐味，四面栏杆彩画檐"的樊楼。但我始终记得新街口 68 号老院子里的每一间屋子和二楼天台上的丝瓜架，我记得第一次独自去买馒头的家庙街，我记得西角楼下总躺着一个拾荒者……

犹记得，开封有条双龙巷，那里有我的幼儿园，有我的小学。我记得，刚进入小学不到一星期，放学后我就得自己回到我妈单位。初秋，双龙巷的小路边开着喇叭花，我边走边把它们摘下来，每隔几户，就在人家的窗台上插上几朵，这样，我就不会在这条有着那么多岔路的巷子里迷路。而这一走，就是六年。六年里，偶尔遇上暴雨，同学的妈妈就会顺道把我送到我妈单位。我坐在同学妈妈的自行车后座上，在那时感觉宽松无比的雨衣里，和小伙伴悄悄打闹着，看被雨水洗刷的双龙巷在车轮溅起的水花里一点点向后退去。偶尔考试成绩不好，我就会去平日里总去的小吃店，让老板冒充我妈在我卷子上签字。

双龙巷里的小商贩几乎都认识我这个放学后喜欢闲逛的小"吃货"。那时候,我以为巷口那家卖胡辣汤的永远都会在,第八中学门口卖文具的永远都会在,糖酒公司门口卖虾仁酥糖的永远都会在,即便是在某个角落打火烧的、卖冰赤豆的、修自行车的也永远都会在,而我也不会离开……直到今天,当离开双龙巷多年的我再次回到那里,人非,物非,紧接着,我对这座城市的记忆也模糊了。

三

早就想写一写我的开封,但我竟很难像大多数开封人一样骄傲地介绍自己的家乡。我也看过余秋雨笔下的开封,看过王德威、陈平原笔下的开封,然而,那都不是我的开封。也许正是因为开封城早已不是历史上的那个汴京城,我们无法追踪到它曾经的存在,无法凭吊它千百年前的容颜,所以,外地人眼中的所谓"汴梁八景",抑或久负盛名的某个所在,在我看来,皆因有人、有情才值得记述。

如今,我们为了打造全国旅游城市,不得已要将几代人生活的城市土崩瓦解,只为模拟出一个并不确定的意象。我不知道这能为开封城平添几分姿色,但于我而言,那终归不是我的家乡。当生于开封、长于开封的我们一个个离开故土,我们仍无法忘怀曾经熟悉的一砖一瓦。

这些年,随着开封的文宣工作日益发展,开封的形象逐渐立体起来,除了小说、学术著作中的书写,就连《一地鸡毛》《孔雀》《一句顶一万句》等电影里也不乏开封的身影,但比起北京、上海,"开封叙事"毕竟还是少得多,因为开封只不过是开封,一个连小型机场都没有的四线小城。但它依然使生活在其中的人们怡然自乐,也令无数离开的人们无限留恋。所以,我才想以开封人的名义,对开封说点儿什么:我写你,并不想得到任何嘉赏，我只是做着我想做的事情。我希望开封就是开封，开封并不需要和别的城市一样。以后，无论是自己想念，还是向别人介绍，我还是会深情款款地将开封描绘——那里有我的亲人，有我的朋友，那里有许多有故事的地方，那里有新街口，那里还有一条双龙巷。

选自《读者》（原创版）2018.05

编后记

　　"美丽中国"是中国共产党第十八次全国代表大会提出的概念，强调把生态文明建设放在突出地位，融入经济建设、政治建设、文化建设、社会建设各方面和全过程。2012年11月8日，十八大报告中首次作为执政理念出现。2015年10月召开的十八届五中全会，"美丽中国"被纳入"十三五"规划，首次被纳入五年计划。2017年10月18日，习近平同志在十九大报告中指出，加快生态文明体制改革，建设美丽中国。2019年，习近平新时代中国特色社会主义思想对建设"美丽中国"做了重要论述。

　　建设美丽中国，作为全新的理念，展示了一幅山清水秀人美的如诗画卷，标志着我们党执政理念的重大提升，承载着一代又一代中国共产党人对未来发展的美好愿景，预示着生态文明的中国觉醒已经到来，奏响了新的时代乐章。

"美丽中国"丛书（6 册）为甘肃科学技术出版社策划的主题出版物，是一套为广大读者诠释和宣传"美丽中国"理念的通俗读物。丛书以读者品牌为依托，围绕生态文明建设、绿水青山、扶贫攻坚、乡村振兴、匠人匠心等主题从《读者》及系列子刊等刊物、网站、图书、微信公众号发表的文章中，精选近 300 篇文章，汇编成册，整体反映"美丽中国"建设成就和风貌。丛书在策划、编辑出版过程中，得到了读者出版集团、读者出版传媒期刊出版中心等单位的指导和帮助，在此深表谢意！同时也得到了绝大多数作者的理解和支持，没有他们的授权和认可，就没有本丛书的出版面世，也就少了一个宣传和践行生态文明理念的平台，所以更应向他们致以最真诚的感谢！我们在编选过程中做了大量细致的工作，但即便如此，仍有部分作者未能联系到，对此深表歉意，敬请这些作者见到图书后尽快与我们联系。联系方式为：甘肃科学技术出版社（甘肃省兰州市城关区曹家巷 1 号甘肃新闻出版大厦，730030，联系人：马婧怡，0931—8152382）。

"美丽中国"的实质，就是引导人们在保护自然中发展经济，在经济发展中保护自然，真正实现经济社会发展与生态环境保护相统一、相协调。"美丽中国"丛书反映的就是山美、水美、人美，环境美、生活美、一切美。通过这些优秀文章和故事，凸显"美丽中国"的内在意义和精神主旨，整体展现"美丽中国"的全部内涵和丰富外延。习近平总书记说，人与自然是生命共同体，人类必须尊重自然、顺应自然、保护自然。还自然以宁静、和谐、美丽。这也是本丛书的策划初衷和最终的目标，也是出版人"不忘初心，牢记使命"的职责所在。

丛书从策划、编选至出版发行，历时两年，在 2021 年这个春光明媚的三月，终于如雨后春笋，瞬间碧绿修长升，为读者撑起一方心灵绿荫，这是春天带给我们最好的礼物。

编　者

2021 年 3 月